陈忠实精读系列

白鹿原下

丛书策划＼李世跃

陈忠实＼著

文化艺术出版社

图书在版编目（CIP）数据

白鹿原下 / 陈忠实著. —北京：文化艺术出版社，2015.12
ISBN 978-7-5039-6090-1

Ⅰ. ①白… Ⅱ.①陈… Ⅲ. ①散文集—中国—当代
Ⅳ.①I267

中国版本图书馆CIP数据核字（2015）第305562号

白鹿原下

著　　者	陈忠实
责任编辑	蔡宛若
装帧设计	顾　紫
出版发行	文化艺术出版社
地　　址	北京市东城区东四八条52号（100700）
网　　址	www.whyscbs.com
电子邮箱	whysbooks@263.net
电　　话	（010）84057666（总编室）　84057667（办公室）
	84057691—84057699（发行部）
传　　真	（010）84057660（总编室）　84057670（办公室）
	84057690（发行部）
经　　销	新华书店
印　　刷	国英印务有限公司
版　　次	2016年2月第1版
印　　次	2016年2月第1次印刷
开　　本	787毫米×1092毫米　1/32
印　　张	9.875
字　　数	180千字
书　　号	ISBN 978-7-5039-6090-1
定　　价	29.80元

版权所有，侵权必究。印装错误，随时调换。

目 录

原下的日子

原下的日子 \ 3

陪一个人上原 \ 13

又见鹭鸶 \ 22

拜见朱鹮 \ 27

告别白鸽 \ 32

追寻貂蝉 \ 44

家有斑鸠 \ 48

遇合燕子,还有麻雀 \ 53

半坡猜想

关于一条河的记忆和想象 \ 67

半坡猜想 \ 82

永远的骡马市 \ 87

家之脉 \ 92

生命之雨 \ 96

三九的雨 \ 105

漕渠三月三 \ 110
伊犁有条渠 \ 127

拥有一方绿荫

一株柳 \ 135
骆驼刺 \ 138
盐的湖 \ 141
天之池 \ 144
拥有一方绿荫 \ 149
绿蜘蛛，褐蜘蛛 \ 155
绿风 \ 166
火晶柿子 \ 172
种菊小记 \ 184

孔雀该飞何处

为城墙洗唾 \ 191
粘面的滑稽 \ 193
遥远的猜想 \ 196
孔雀该飞何处 \ 199
乡谚一例 \ 202
也说乡土情结 \ 205
两个蒲城人 \ 209

娲氏庄杏黄 \ 213

一碗羊肉泡馍

黄帝陵，不可言说 \ 223
俏了西安 \ 226
一碗羊肉泡馍 \ 231
汽笛·布鞋·红腰带 \ 241
皮鞋·鳝丝·花点衬衫 \ 249
第一次投稿 \ 257
何谓良师 \ 265
何谓益友 \ 287

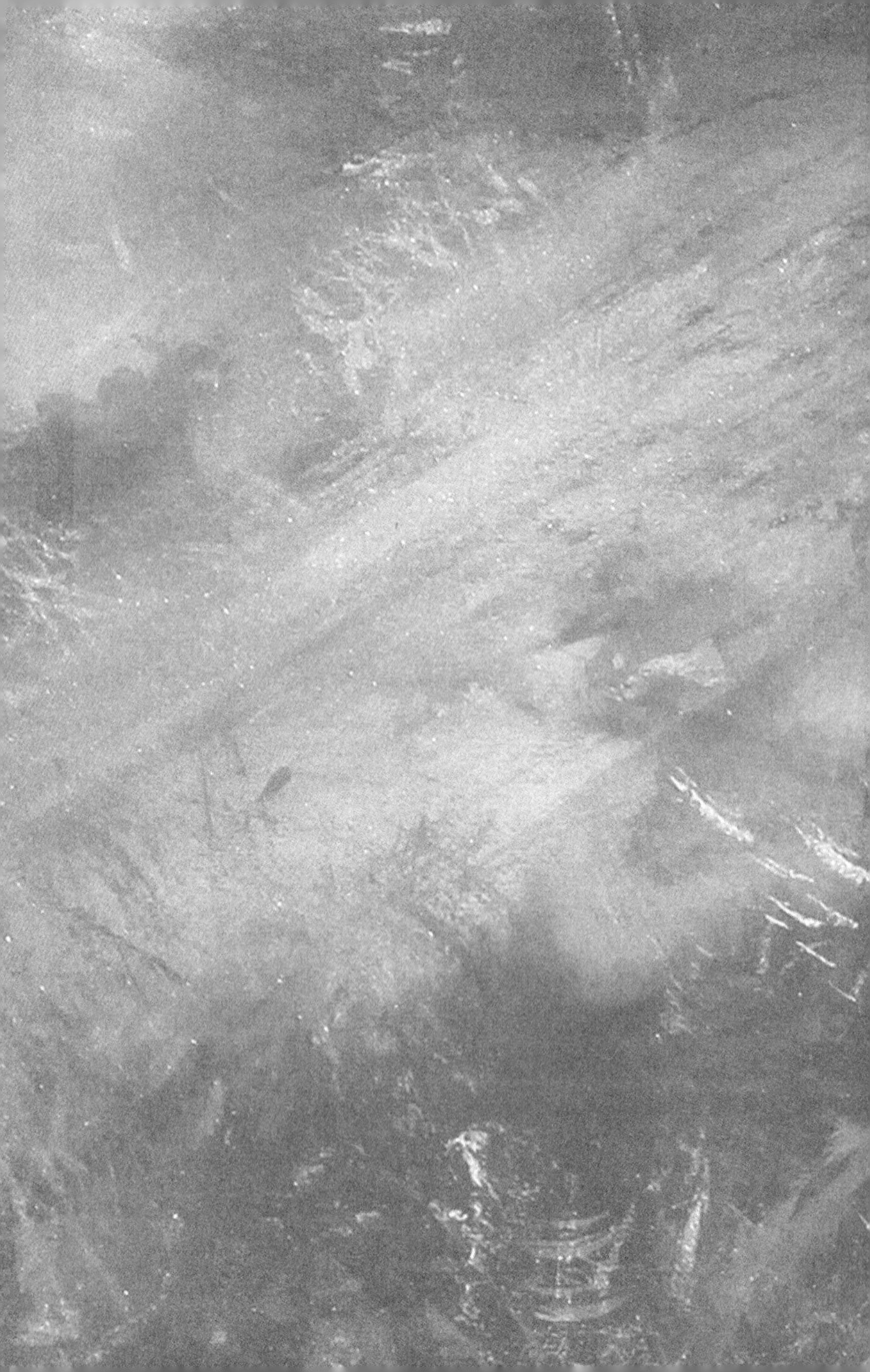

原下的日子

/原下的日子/

新世纪到来的第一个农历春节过后,我买了二十多袋无烟煤和吃食,回到乡村祖居的老屋。我站在门口对着送我回来的妻女挥手告别,看着汽车转过沟口那座塌檐倾壁残颓不堪的关帝庙,折回身走进大门进入刚刚清扫过隔年落叶的小院,心里竟然有点酸酸的感觉。已经摸上六十岁的人了,何苦又回到这个空寂了近十年的老窝里来。

从窗框伸出的铁皮烟筒悠悠地冒出一缕缕淡灰的煤烟,火炉正在烘除屋子里整个一个冬天积攒的寒气,我从前院穿过前屋过堂走到小院,南窗前的丁香和东西围墙根下的三株枣树苗子,枝头尚不见任何动静,倒是三五丛月季的枝梢上暴出小小的紫红的芽苞,显然是春天的讯息,然而整个小院里太过沉寂太过阴冷的气氛,还是让我很难转换出回归乡土的欢愉来。

我站在院子里,抽我的雪茄。东邻的屋院差不多成了一个荒园,兄弟两个都选了新宅基建了新房搬出许多年了。西邻曾经是这个村子有名的八家院，拥挤如同鸡笼，先后也都搬迁到村子里新辟的宅基地上安居了。我的这个屋院，曾经是父亲和两位堂弟三分天下的"三国"，最鼎盛的年月，有祖孙三代十五六口人进进出出在七八个或宽或窄的门洞里。在我尚属朦胧浑沌的生命区段里，看着村人把装着奶奶和被叫做厦屋爷的黑色棺材，先后抬出这个屋院，再在街门外用粗大的抬杠捆绑起来，在儿孙们此起彼伏的哭嚎声浪里抬出村子，抬上原坡，沉入刚刚挖好的墓坑。我后来也沿袭这种大致相同的仪程，亲手操办我的父亲和母亲从屋院到墓地这个最后驿站的归结过程。许多年来，无论有怎样紧要的事项，我都没有缺席由堂弟们操办的两位叔父一位婶娘最终走出屋院走出村子走进原坡某个角落里的墓坑的过程。现在，我的兄弟姊妹和堂弟堂妹及我的儿女，相继走出这个屋院，或在天之一方，或在村子的另一个角落，以各自的方式过着自己的日子。眼下的景象是，这个给我留下拥挤也留下热闹印象的祖居的小院，只有我一个人站在院子里。原坡上漫下来寒冷的风。从未有过的空旷，从未有过的空落，从未有过的空洞。

我的脚下是祖宗们反复踩踏过的土地。我现在又站在这方小小的留着许多代人脚印的小院里。我不会问自己也不会向谁解释为了什么又为了什么重新回来，因为这已经是行为之前的决计了。丰富的汉语言文字里有一个词儿叫龌龊。我在一段时日里充分地体味到这个词儿不尽的内蕴。

我听见架在火炉上的水壶发出"噗噗噗"的响声。我沏下一杯上好的陕南绿茶。我坐在曾经坐过近二十年的那把藤条已经变灰的藤椅上，抿一口清香的茶水，瞅着火炉炉膛里炽红的炭块，耳际似乎萦绕见过面乃至根本未见过面的老祖宗们的声音。嗨！你早该回来了。

第二天微明，我搞不清是被鸟叫声惊醒的，还是醒来后听到了一种鸟的叫声。我的第一反应是斑鸠。这肯定是鸟类庞大的族群里最单调最平实的叫声，却也是我生命磁带上最敏感的叫声。我慌忙披衣坐起，隔着窗玻璃望去，后屋屋脊上有两只灰褐色的斑鸠。在清晨凛冽的寒风里，一只斑鸠围着另一只斑鸠团团转悠，一点头，一翘尾，发出连续的咕咕咕……咕咕咕的叫声。哦！催发生命运动的春的旋律，在严寒依然裹盖着的斑鸠的躁动中传达出来了。

我竟然泪眼模糊。

傍晚时分，我走上灞河长堤。堤上是经过雨雪浸淫沤泡变成黑色的枯蒿枯草。沉落到西原坡顶的蛋黄似的太阳绵软无力。对岸成片的白杨树林，在蒙蒙灰雾里依然不失其肃然和庄重。河水清澈到令人忍不住又不忍心用手撩拨。一只雪白的鹭鸶，从下游悠悠然飘落在我眼前的浅水边。我无意间发现，斜对岸的那片沙地上，有个男子挑着两只装满石头的铁丝笼走出一个偌大的沙坑，把笼里的石头倒在石头垛子上，又挑起空笼走回那个低陷的沙坑。那儿用三角架撑着一张铜丝箩筛。他把刨下的沙石一锨一锨抛向箩筛，发出连续不断千篇一律的声响，石头和沙子就在箩筛两边分流了。

我久久地站在河堤上，看着那个男子走出沙坑又返回沙坑。这儿距离西安不足三十公里。都市里的霓虹此刻该当缤纷，各种休闲娱乐的场合开始进入兴奋期。暮霭渐渐四合的沙滩上，那个男子还在沙坑与石头垛子之间来回往返。这个男子以这样的姿态存在于世界的这个角落。

我突发联想，印成一格一框的稿纸如同那张箩筛。他在他的箩筛上筛出的是一粒一粒石子，我在我的"箩筛"上筛出的是一个一个方块汉字。现行的稿酬标准无论高了低了贵了贱了，肯定是那位农民男子的石子无法比对的。我自觉尚未无聊到滥生矫情，不过是较为透彻地意识到构成社会总体坐标的这一极：这一极与另外一极的粗细强弱的差异。

这是新世纪的第一个早春。这是我回到原下祖屋的第二天傍晚。这是我的家乡那条曾为无数诗家墨客提供柳枝，却总也寄托不尽情思离愁的灞河河滩。此刻，三十公里外的西安城里的霓虹灯，与灞河两岸或大或小村庄里隐现的窗户亮光；豪华或普通轿车壅塞的街道，与田间小道上悠悠移动的架子车；出入大饭店小酒吧的俊男靓女打蜡的头发涂红（或紫）的嘴唇，与拽着牛羊缰绳背着柴火的乡村男女；全自动或半自动化的生产流水线，与那个在沙坑在箩筛前挑战贫穷的男子……构成当代社会的大坐标。我知道我不会再回到挖沙筛石这一极中去，却在这个坐标中找到了心理平衡的支点，也无法从这一极上移开眼睛。

村庄背靠的鹿原北坡。遍布原坡的大大小小的沟梁奇形怪状。在一条阴沟里该是最后一坨尚未化释的残雪下，有三两株露头的绿色，淡淡的绿，嫩嫩的黄，那是茵陈，长高了就是蒿草，或卑称臭蒿子。嫩黄淡绿的茵陈，不在乎那坨既残又脏经年未化的雪，宣示了春天的气象？

桃花开了，原坡上和河川里，这儿那儿浮起一片一片粉红的似乎流动的云。杏花接着开了，那儿这儿又变幻出似走似住的粉白的云。泡桐花开了，无论大村小庄都被骤然暴出的紫红的花帐笼罩起来了。洋槐花开的时候，首先闻到的是一种令人总也忍不住深呼吸的香味，然后惊异庄前屋后和坡坎上已经敷了一层白雪似的脂粉。小麦扬花时节，原坡和河川铺天盖地的青葱葱的麦子，把来自土地最诱人的香味，释放到整个乡村的田野和村庄，灌进庄稼院的围墙和窗户。椿树的花儿在庞大的树冠和浓密的枝叶里，只能看到绣成一团一串的粉黄，毫不起眼，几乎没有任何观赏价值，然而香味却令人久久难以忘怀。中国槐大约是乡村树族中最晚开花的一家，时令已进入伏天，燥热难耐的热浪里，闻一缕中国槐花的香气，顿然会使焦躁的心绪沉静下来。从农历二月二龙抬头迎春花开伊始，直到大雪漫地，村庄、原坡和河川里的花儿便接连开放，各种奇异的香味便一波迭过一波。且不说那些红的黄的白的紫的各色野草和野花，以及秋来整个原坡都覆盖着的金黄灿亮的野菊。

　　五月是最好的时月，这当然是指景致。整个河川和原坡都被麦子的深绿装扮起来，几乎看不到巴掌大一块裸露的土地。一夜之间，那令人沉迷的绿野变成满眼金黄，如同一只魔掌在翻手之瞬间创造出神奇来。

一年里最红火最繁忙的麦收开始了,把从去年秋末以来的缓慢悠闲的乡村节奏骤然改变了。红苕是秋收的最后一料庄稼,通常是待头一场浓霜降至,苕叶变黑之后才开挖。湿漉漉的新鲜泥土的垅畦里,排列着一行行刚刚出土的红艳艳的红苕,常常使我的心发生悸动。被文人们称为弱柳的叶子,居然在这河川里最后卸下盛装,居然是最耐得霜冷的树。柳叶由绿变青,由青渐变浅黄,直到几番浓霜击打,通身变成灿灿金黄,张扬在河堤上河湾里,或一片,或一株,令人钦佩生命的顽强和生命的尊严。小雪从灰蒙蒙的天空飘下来时,我在乡间感觉不到严冬的来临,却体味到一缕圣洁的温柔,本能地仰起脸来,让雪片在脸颊上在鼻梁上在眼窝里飘落、融化,周围是雾霭迷茫的素净的田野。直到某一日大雪降至,原坡和河川都变成一抹银白的时候,我抑制不住某种神秘的诱惑,在黎明的浅淡光色里走出门去,在连一只兽蹄鸟爪的痕迹也难觅踪的雪野里,踏出一行脚印,听脚下的厚雪发出"铮铮铮"的脆响。

我常常在上述这些情景里,由衷地咏叹,我原下的乡村。

漫长的夏天。

夜幕迟迟降下来。我在小院里支开躺椅，一杯茶或一瓶啤酒，自然不可或缺一支烟。夜里依然有不泯的天光，也许是繁密的星星散发的。白鹿原刀裁一样的平顶的轮廓，恰如一张简洁到只有深墨和淡墨的木刻画。我索性关掉屋子里所有的电灯，感受天光和地脉的亲和，偶尔可以看到一缕鬼火飘飘忽忽掠过。

有细月或圆月的夜晚，那景象就迷人了？我坐在躺椅上，看圆圆的月亮浮到东原头上，然后渐渐升高，平静地一步一步向我面前移来。幻如一个轻摇莲步的仙女，在一步一步向原坡的西部挪步，直到消失在西边的屋脊背后。

某个晚上，瞅着月色下迷迷蒙蒙的原坡，我却替两千年前的刘邦操起闲心来。他从鸿门宴上脱身以后，是抄哪条捷径便道逃回我眼前这个原上的营垒的？"沛公军灞上"，灞上即指灞陵原。汉文帝就葬在白鹿原北坟坡畔，距我的村子不过十六七里路。文帝陵史称"灞陵"，分明是依着灞水而命名。这个地处长安东郊自周代就以白鹿得名的原，渐渐被"灞陵原"、"灞陵"、"灞上"取代了。刘邦驻军在这个原上，遥遥相对灞水北岸骊山脚下的鸿门，我的祖居的小村庄恰在当间。也许从那个千钧一发命悬一线的宴会逃跑出来，在风高月黑的那个恐怖之夜，刘邦慌不择路翻过骊山涉过灞河，从我的村头某家的猪圈旁爬上原坡直到原顶，才嘘出一口气来。无论这逃跑如何狼狈，并不影响他后来打造汉家天下。

大唐诗人王昌龄，原为西安城里人，出道前隐居白鹿原上滋阳村，亦称"芷阳村"。下原到灞河钓鱼，提镰在菜畦里割韭菜，与来访的文朋诗友饮酒赋诗，多以此原和原下南灞水为叙事抒情的背景。我曾查阅资料企图求证滋阳村村址，毫无踪影。

我在读到一本"历代诗人咏灞桥"的诗集时，大为惊讶，除了人皆共知的"年年柳色，灞陵伤别"所指的灞桥，灞河这条水，白鹿（或灞陵）这道原，竟有数以百计的诗圣诗王诗魁都留了绝唱和独唱。

> 宠辱忧欢不到情，任他朝市自营营。
> 独寻秋景城东去，白鹿原头信马行。

这是白居易的一首七绝。是诸多以此原和原下的灞水为题的诗作中的一首。是最坦率的一首，也是最通俗易记的一首。一目了然可知白诗人在长安官场被蝇营狗苟的龌龊惹烦了，闹得腻了，倒胃口了，想呕吐了。却终于说不出口呕不出喉，或许是不屑于说或吐，干脆骑马到白鹿原头逛去。

还有什么龌龊能淹没脏污这个以白鹿命名的原呢？断定不会有。

我在这原下的祖屋生活了两年。自己烧水沏茶，把夫人在城里擀好切碎的面条煮熟。夏日一把躺椅冬天一抱火炉，傍晚到灞河沙滩或原坡草地去散步。一觉睡到自来醒。当然，每有一个短篇小说或一篇散文写成，那种愉悦，相信比白居易纵马原上的心境差不了多少。正是原下这两年的日子，是近八年以来写作字数最多的年份，且不说优劣。

我愈加固执一点，在原下进入写作，便进入我生命运动的最佳气场。

/ 陪一个人上原 /

电话里响着一个陌生的声音,开门见山:"我是北京人艺林兆华。"我在意料不及的瞬间本能地"噢"了一声,随口回应:"你是大导演呀我知道。"接着再没有寒暄和客套,他就说起要把《白鹿原》改编成话剧的设想。我只是确定了小说《白鹿原》被大导演林兆华相中改为话剧的事,自然是一种新鲜而又欣然的愉悦,都不太用心听他说有关改编的纯粹的具体事务了;倒是欣赏起他说话的声音,温厚绵软而又简洁,没有盛气,更没有夸夸,自始至终没有一句新名词。我之所以敏感他的说话方式,似乎是某种先入为主的印象,我虽然是几年也难得看到一场话剧演出的与戏剧隔得老远的门外汉,却早已闻知林兆华的大名,尤其知晓他是一位艺术观念颇为新潮的导演。我依积久的经验自然地作为参照和推想,不料却令我诧异,竟不见一句新潮词汇,而且声音如此温厚如此平实,可以信赖的踏实感就在短短的第一次通话里形成了。

随后就有了第一次见面。那是几年前的早春时节，我把几件事挪攒到一起赶到北京。西安已经是柳絮绽黄迎春花开的气象，北京还裹在丝毫不见松懈的寒冷里。我找到北京人艺门口，看见一个小小的"北京人民艺术剧院"的牌子，注目许久，顿生慨叹，真正的名牌依然保持着原有的标徽，当是一种自信。我第一眼瞅见林兆华导演同时握住手的时候，电话里的印象迅即延伸为一个更令人意料不及的具象，一个号称中国话剧第一导的又以现代派闻名的人，不见披肩长发，没有垂胸的胡须或别致的短髭，却是灰塌塌的不经任何修饰的本色寸发，还有不显线条也不见棱角的对襟纽扣的布褂。我在那一刻暗自发笑，文艺界的朋友调侃我的脸是关中老汉的典型代表，我也在记者关于电影《白鹿原》采访的提问里自我调侃，我最适宜演老年的长工鹿三。我突然发现握着手的林兆华，如果走进关中乡村的任何一个村子，那里的农民会以为是一位老亲友来了。他的对襟布褂和看不见裤缝的裤子，更触发得我一时眼热，我自小一直穿这种家母织布家母染色家母缝制的褂子和裤子，穿到高中毕业都换不出一件新式样，照毕业相片时借同学的一件制服上装改换了一回装束。我虽向来不打领带极少着西装，却也再没有穿这种老式对襟衫褂的兴趣，包括花样翻新的

"唐装"。我在握着这位新结识的大导演的手时,又生出一层慨叹,一个以探索现代新潮话剧导演风格闻名的人,却用过时的中国乡村最传统的民间服饰打扮包装自己,割裂了矛盾了,还是某种天然的融汇和统一?抑或纯粹属于生活习性? 然而确凿无疑的一点,以服装的式样和须发的长短来判断一个艺术家精神气象的明暗,看来难免会出意外的。

我已经记不清他来过西安几趟了。印象深的有两次。他要上白鹿原上去观察感受那里的天象地脉气韵,我完全能理解。我做向导,从灞桥区辖的原的西坡上去,直到蓝田县辖的原的东头下了北坡,沿着灞河川道途经我的隔河相望的家门再回到西安城里。我按他的意趣指向,进一个村子又找到另一个村子,寻找上世纪50年代以前的民居住宅,还有家族的祠堂,还有接近类似小说主人公白嘉轩经济实力的宅基房屋的规模和样式。令他也令我遗憾的是,上世纪五六十年代成片成堆的土坯墙小灰瓦的大房和厦屋已经很少了,几乎是一色的装饰着瓷片的水泥平房或二层小楼房。祠堂连一座也没有找到,所答几乎众口一词,早都拆了。林兆华仍不死心,我更是觉得过意不去。无论如何,我还是为这个原上的乡亲庆幸,他们终于有了一砖到顶机瓦或楼板覆盖的结实而又美观的新房子,基本实现了独门独户，几乎见不到三家五家乃至八家拥挤一院的穷酸相了，无论种田植果树抑或出苦力打工，尽管比不上城里人生活水平提升幅度大，总是比改革开放前几十年好得远了。至于旧房老屋之无存，让林导难以感受贫穷乡村的氛围，自是不成遗憾的遗憾。我们终于找到一家古旧的房屋，可以看出曾经是颇有点经济实力也就比较讲究的建筑，迎面的门板是宽幅的木扇，门板上有简单的格子雕刻。经打问得知，建造这房子的业主，是一位手艺超群的刻字匠，曾给民国时代的几多要员刻过墓碑铭记，收入自然优于乡民，房子就讲究了。林兆华当即就拍板："这个门和窗子我要了。"房主人说了这个旧房马上就要拆掉，林导嘱咐把门窗妥为保管。进得屋里，有木板镶成的木楼，早已被烟熏成黑色。一架宽板木梯搭在后墙边，两根梯柱原为一根粗大的木头，用锯居中锯为两半，镶着一块一块宽约尺余的踏板，比那些木条梯子豪华气派多了。我家曾经有一架木板梯子，与这架梯子几乎出于同一个木匠之手；林兆华又是一句："这梯子我也要了，给我保护好。"出门到了乡村街道里，他便告诉我这些东西将作何用场，在于展示旧时乡村的一种逼真的景象。我却想到，这个人现在脑子里整个装着一部戏，随即都有最敏锐的招儿在触景中冒出来。不能忘记的是下到原上的一条沟底的兴奋场景。这个沟里原有的民居几乎都是窑洞,整个村庄搬迁到原上的平地里去了,无法搬动的土窑洞留下一片败落和荒凄,倒塌的窑院围墙,杂草野树丛生的院落,一孔孔或大或小的被烟熏黑的窑洞。林兆华一看见就惊叫起来:"这就是小娥和黑娃住的窑洞呀!"他一个接一个察看卸掉门窗的空洞的窑,始终兴奋不已。我便提示他,这就是关中一些坡崖沟坎地区的窑洞,比较高,比较宽大,更显得深。我作为比较的对象是陕北的窑洞,一般比较低矮比较窄小也比较浅,却比较精致。我开玩笑说,千万不要把小娥和黑娃的窑洞,在布景上搞成毛泽东在陕北住过的那种窑洞的样式。

去年夏天,正是西安酷热难熬的伏季,林兆华领着剧组二十多号男女演员来到西安。我把他们安排在原坡下浐河边的半坡饭店,图得演员上原到乡村体验生活方便。灞桥区文化局给予精细周到的安排。观众喜爱的濮存昕等演员上到原上,几乎每个人在到达原上时都发出同一声感叹,噢!这就是原。原是西北特有的一种地理地貌,不过就是一个小平原而已。阅读小说所发生的对"原"的神秘和不可理喻,瞬间就成为一种真实的感觉和体验,如同我初见南方的小桥流水和水上人家的感觉相类比。这些北京来的演员大多在电视电影里出现过，被偏远的原上的乡民指点出来，受到最诚朴的欢迎。他们走村串户，看当地的男人走路的姿势，说话的口吻和身体动作语言，看女人如何烧火做饭，管教儿女，看得津津有味。我陪他们看了两家颇气魄的老宅旧院，一家仍有人住，一家已荒废，都是青砖包墙方砖铺地的四合大院，尽管陈旧破败，依然可见当年的品格。这两家的主人都是乡村中医，我自小就听说过他们的名字，川原上下不幸生病的人都上门求救。他们的子孙大多已在西安或外省安家立业，留在乡村的人也已另择新居地。林兆华在这两个院子里踏勘。我猜想，他大约在琢磨让白嘉轩还是鹿子霖主掌这样的庭院？濮存昕也始终笑眯眯的，看那过道里生动的砖雕，是否还是他——白嘉轩当年刻意的镶嵌？他将如何进入这个庭院并演绎他的人生？

相聚过来的男女乡民在街道上或立或蹲。濮存昕也学着村民站一会儿又蹲一会儿，东拉西扯着闲话。我陪着林导和濮存昕，在树荫下在房檐下跟南枝村的老少闲聊。这个村分白姓和魏姓两大宗族，有人悄悄向我探问，你书里写的白家是不是俺村的白姓，鹿家是不是俺村的魏姓？我说不是。他反而不信，又问，为啥你写的白家和鹿家的事跟俺村某某人和某某人的事情那么相像，我说我是瞎编的，偶合了。我随后和林导、濮存昕到一户农家吃午饭,煎饼卷黄瓜丝和洋芋丝,是地道的农家灶锅烹饪的食品,林、濮都吃得很新鲜,似乎还说这样可口的饭菜拿到北京去卖,生意会很火。

林导提出要看纯粹的民间演出的秦腔。不费多少力气就召唤来一批男女唱家。这些人农忙时务庄稼,农闲时组合在一起,到乡间的庙会集市去演唱,也为新婚庆典和丧事葬礼演唱,有报酬,却不高。其中一些男女唱家已唱出影响,在方圆几十里乡村甚为闻名。我担心这些业余唱家达不到林导要求,还联系来西安几位年轻的专业演员。演唱一毕,林导就拍板了,就是这个就是那个还有某某……全是业余唱家。我大略领会他的意图,在话剧几个主要情节转折处,插唱一段或三五句秦腔唱段,要乡野里这种原生形态的唱法和腔调,太完美的专业演员的唱腔不适宜话剧的乡土气氛。同时请来了华阴县的"老腔",演唱班子,也是纯一色的农民,他们保存着流传在华山脚下一种几乎失传的古老唱腔,乐器也区别于秦腔,更为苍凉悲壮。我看着林导目不转睛的神情,想到他已经入迷了。果然他兴奋地拍了板。这个老腔早已在张艺谋的电影里作为衬底的旋律,正恰切不过地流动着关中这块土地沉重苍凉浑厚的底蕴。林兆华敏锐地感知到了,这从他的专注沉迷的神色里显示出来。

我后来到北京人艺，参加了《白鹿原》剧的新闻发布会。我看到了林兆华的自信。他的自信溢于言语和神色。这应该是我参加这次活动的最富实际意义的收获。还有宋丹丹的发言，她说林导告知她出演田小娥一角的第二天，就去健身房减肥健身了。她婉谢了电视剧邀约。我也深受感动，艺术创造的意义和价值，不是经济实惠所可完全改变一切艺术家的。

我在把话剧改编应诺给林兆华导演的时候，基于纯粹的我对写作的一种理解，我写小说的一个基本目的，就是要争取与最广泛的读者完成交流和呼应。我从短篇写到中篇再写到长篇，这个交流和呼应的层面逐渐扩大，尤其到《白》书的出版和发表，读者的热情和热烈的呼应，远远超出了我写作完成之时的期待。我以为这是对我的最好回报、最高奖励。即在于作家通过作品所表述的关于历史或现实的体验和思索，得到读者的认可，才可能引发那种呼应，这就奠定了一部作品存活的价值，也就肯定了作家的思考和劳动的意义。话剧将是完成《白》书与观众交流的另一种形式。小说阅读是一种交流形式，话剧舞台的立体式的活生生的表演是迥然不同的交流形式，有文字阅读无法替代的鲜活性，以及直接的情感冲击。这与我创作的初衷完全一致，我自己甚至也觉得新奇而又新鲜：看到活跃于舞台上的白嘉轩们当是怎样一种感觉？濮存昕创造的白嘉轩和宋丹丹创造的田小娥当会和观众完成怎样的交流和呼应？

我几乎没有提出任何条件性的要求。我唯一关注的是能体现我创作小说的基本精神就行了。我知道话剧很难在有限的时间里演绎所有情节，取舍是很难的事。我相信林导和编剧，让他们作艺术处理吧。我在初见林兆华的交谈里，领受到他对《白》书的深层理解，已经产生最踏实的信赖，连"体现原作精神"的话都省略不说了。

我记下与林兆华导演几次接触中的印象，在于体察和理解一位艺术大家，如何完成他艺术世界里的一次新的创造理想。我在写完《白》书最后一行句子就宣布过，我已经下了那个原了。林兆华导演却上了原。我期待看到他创造的白鹿原上的新景观。

又见鹭鸶

那是春天的一个惯常的傍晚,我沿着水边的沙滩漫不经意地悠步。旱草和水草都已经蓬勃起来,河川里满眼都是盎然生机,野艾苦蒿薄荷和鱼腹草的气味混合着弥漫在空气里,风轻柔而又湿润。在桌椅间蜷窝了一天的四肢和绷紧的神经,渐渐舒展开来松弛开来。

绕过一道河石垒堆的防洪坝,我突然瞅见了鹭鸶,两只,当下竟不敢再挪动一步,生怕冲撞了它惊飞了它,便蹑手蹑脚悄悄在沙地上坐下来,压抑着冲到唇边的惊叹,哦!鹭鸶又飞回来了!

在顺流而下大约30米处,河水从那儿朝南拐了个大弯儿,弯儿拐得不急不直随心所欲,便拐出一大片生动的绿洲,靠近水流的沙滩上水草尤其茂密。两只雪白的鹭鸶就在那个弯头上踯躅,在那一片生机盎然的绿草中悠然漫步;曲线优美到无与伦比的脖颈迅捷地探入水中,倏忽又在草丛里扬起头来;两只峭拔的长腿淹没在水里,举止移步悠然雅然;一会儿此前彼后此左彼右,一会儿又此后彼前此右彼左;断定是一对儿没有雄尊雌卑或阴盛阳衰的纯粹感情维系的平等夫妻……

于是,小河的这一方便呈现出别开生面令人陶醉的风景,清澈透碧的河水哗哗吟唱着在河滩里蜿蜒,两个穿着艳丽的女子在对岸的水边倚石搓洗衣裳,三头紫红毛色的牛和一头乳毛嫩黄的牛犊在沙滩草地上吃草,三个放牛娃三对角坐在草地上玩扑克,蓝天上只有一缕游丝似的白云凝而不动,落日正渲染出即将告别时的热烈和辉煌……这些时常见惯的景致,全都因为一双鹭鸶的出现而生动起来。

不见鹭鸶,少说也有二十多年了。小时候在河里耍水在河边割草,鹭鸶就在头前或身后的浅水里,有时竟在草笼旁边停立;上学和放学涉过河水时,鹭鸶在头顶翩翩飞翔,我曾经妄想把一只鸽哨儿戴到它的尾毛上;大了时在稻田里插秧或是给稻畦里放水,鹭鸶又在稻田圪梁上悠然踱步,丝毫也不戒备我手中的铁锨……难以泯灭的永远鲜活的鹭鸶的倩影,现在就从心里扑飞出来,化成活泼的生灵在眼前的河湾里。

至今我也搞不清鹭鸶突然离去突然绝迹的因由,鸟类神秘的生活习性和生存选择难以揣摸。岂止鹭鸶这样的小河流域鸟类中的贵族，乡民们视作报喜的喜鹊也绝迹了，张着大翅膀盘旋在村庄上空窥视母鸡的恶老鹰彻底销声匿迹了，连丑陋不堪猥琐笨拙的斑鸠也再不复现了，甚至连飞起来遮天蔽日的丧婆儿黑乌鸦都见不着一只，只有麻雀种族旺盛，村庄和田野处处都只能听到麻雀的叽叽喳喳。到底发生了什么灾变？使鸟类王国土崩瓦解灭族灭种留下一片大地静悄悄。

单说鹭鸶。许是水流逐年衰枯稻田消失绿地锐减，这鸟儿瞧不上越来越僵硬的小河川道了？许是乡民滥施化肥农药污染了流水也污浊了空气，鹭鸶感到窒息而逃逸了？许是沿河两岸频频敲打的庆贺"指示"发表的锣鼓和震天撼地的炮铳，使这喜欢悠闲的贵族阶级心惊肉跳恐惧不安，抑或是不屑于这一方地域上人类的愚蠢可笑拂尾而去？许是那些隐蔽在树后的猎手暗施的冷枪，击中了鹭鸶夫妻双方中的雌的或雄的，剩下的一个鳏夫或寡妇悲怆遁逃？

又见鹭鸶！又见鹭鸶！

落日已尽红霞隐退暮霭渐合。两只鹭鸶悠然腾起，翩然闪动着洁白的翅膀逐渐升高，没有顺河而下也没见逆流而上，偏是掠过小河朝北岸树木葱茏的村庄飞去了。我顿然悟觉，鹭鸶原是在村庄里的大树上筑巢育雏的。我的小学校所在的村庄面临河岸的一片白杨林子里，枝枝杈杈间竟有二十多个鹭鸶搭筑的窝巢，乡民们无论男女无论老幼引为荣耀视为吉祥。一只刚刚生出羽毛的雏儿掉到地上，竟然惊动了整个村庄的男女老少，议着公推一位爬树利落的姑娘把它送回窝儿里。更不必担心伤害鹭鸶的事了，那是被视为作孽短寿的事儿。鹭鸶和人类同居一处无疑是一种天然和谐，是鸟类对人类善良天性的信赖和依傍。这两只鹭鸶飞到北岸的哪个村庄里去了呢？在谁家门前或屋后的树上筑巢育雏呢？谁家有幸得此吉兆得此可贵的信赖情愫呢？

我便天天傍晚到河湾里来，等待鹭鸶。连续五六天，不见踪影，我才发现没有鹭鸶的小河黯然失色。我明白自己实际是在重演那个可笑的"守株待兔"的寓言故事，然而还是忍不住要来。鹭鸶的倩影太富于诱惑了。那姿容端庄的是一种仙骨神韵、一种优雅、一种大度、一种自然；起飞时悠然翩然，落水时也悠然翩然，看不出得意时的昂扬恣肆，也看不出失意下的气急败坏；即使在水里啄食小虫小虾青叶草芽儿，也不似鸡们鸭们雀们饿不及待的贪馋和贪婪相。二三十年不见鹭鸶，早已不存再见的企冀和奢望，一见便不能抑止和罢休。我随之改变守候而为寻找，隔天沿着河流朝下，隔天又溯流而上，竟是一周的寻寻觅觅而终不得见。

我又决定改变寻找的时间,宁可舍弃了一个美好的出活儿的早晨,在晨曦中沿着河水朝上走。大约走出五华里路程,河川骤然开阔起来,河对岸有一大片齐肩高的芦苇,临着流水的芦苇幼林边,那两只鹭鸶正在悠然漫步,刚出山顶的霞光把白色的羽毛染成霓虹。

哦! 鹭鸶还在这小河川道里。

哦! 鹭鸶对人类的信赖毕竟是可以重新建立的。

我在一块河石上悄然坐下来,隔水眺望那一对圣物,心头便涌出一首脍炙人口的诗歌来:

> 蒹葭苍苍
> 白露为霜
> 所谓伊人
> 在水一方

拜见朱鹮

中国有熊猫，世界独一无二，国宝。

中国有朱鹮，同样独一无二，同样为国宝。

朱鹮在中国，也只是在陕西洋县一地有。洋县在秦岭南麓，汉江边上，有平坦的坝子，有曲线优美舒展温柔的缓坡，有重叠起伏一袭秀气的丘陵，有挺拔伟岸弥漫着原始森林气息的秦岭群峰，有如画如诗的田畴和稻地，更有性情温和天性怡然的乡民……在世界各地的朱鹮相继灭绝（日本仅余一只失去繁育能力的老鸟）的现今，洋县却存留住了这种鸟儿。

想到今天就可以看到朱鹮，竟有拜谒的激动和忐忑。这种心态源自既久的关于朱鹮的传闻的神秘。90年代初，第一次从报刊上看到在陕西洋县发现朱鹮的消息，看到了这种前所未闻的稀世珍禽的倩影，尽管报纸上照片的印刷质量极差，然而这鸟儿的仙姿丽影依然飘逸显现，留下来一个梦幻丽人的记忆。那时候，同时就滋生了想一睹其风姿的欲望，整整十年了，曾经有过下汉中途经洋县的行程,却没有机缘去攀见,欲望便滞积在心里,愈久愈强烈。

十年里,有关朱鹮的印象不断地加深着,报刊和电视上不断有关于朱鹮的消息,都是令人兴奋和欣慰的;最初发现的几只朱鹮安全无虞。国家已经在洋县建立朱鹮救护基地,并派出专家精心养护。日本友人捐资救护朱鹮,有社会团体也有个人。更令人振奋的消息说,在洋县某地又发现朱鹮聚生的群体。十年下来,朱鹮的族群从最初的几只已经繁衍到二百只,成为一个令世界惊羡的华丽家族了,这个濒临灭种的鸟类珍品注定不会从最后一块栖息之地消失了。

朱鹮在南美的丛林里已经消失了,不再重现。朱鹮在日本仅存一只,也到了年迈色衰失掉繁殖本能的奄奄状态,绝灭是注定了的。日本国民为这种鸟儿即将面临的灭绝,几乎举国哀怨,且有自省,他们的许多东西都趋世界前列,而一个小鸟的保护却屡遭失挫,以至眼巴巴看着它绝世而去。朱鹮被日本人视为国鸟,有某种悠长的情结。据说日本人通过几种途径渴求得到中国朱鹮,以弥补国人心里那份永久的遗憾和亏欠,直到天皇访华向国家领导人提出这种愿望,于是就有一对名为"友友"和"洋洋"的朱鹮从洋县起程东渡日本,一路专车监护,经西安,举行隆重的赠送仪式,然后直飞东邻岛国，使人想起那位出塞的汉家女王昭君。我在到达丘陵缓坡下的朱鹮救护基地时，有一位日本人刚刚离开。确凿无误的消息说，1998年东渡日本的"友友"和"洋洋"已经成功地哺养了第一只后代，作为日本国鸟的朱鹮有了第一个递增的数字，据说又轰动了日本。

我在电视上看到过有关朱鹮的专题片，一袭嫩白，柔若无骨，在稻田里踯躅是优雅的，起飞的动作是优雅的，掠过一畦畦稻田和一座座小丘飞行在天空是优雅的，重新落在田埂或树枝上的动作也是一份优雅。这个鸟儿生就的仙风神韵，入得人眼就是一股清丽，拂人心垢。头顶一抹丹红，长长的紫黑的喙的尖头竟然是红色，两条细长的腿红色惹眼，白色的翅膀的内里却是红色的，像是白面红里的被子，通体嫩白中点缀着这几点丹朱，凭想象尽可以勾勒它的美妙了。

凭着积久的印象和愿望，在即将见到朱鹮的真身时，就有了某种拜谒至仙的感觉。我在朱鹮救护基地看见的朱鹮是笼养的，未免遗憾，它们无法飞翔起来，只能在人工搭设的木架上栖息，在笼子固定的沙地上蹒跚，在人和鸟共同筑成的巢窝产卵孵卵。4月正是朱鹮的繁殖期，不能惊扰。据说受了惊扰的雌鸟激素会受影响，减少产卵数量，我就甘愿远远地站着。

另外的遗憾还是因为时月。处于繁育期的朱鹮，羽毛竟然神奇地变换了，变幻出一身的灰色，据专家说这是鸟儿为了保护自己以迷惑天敌的生理性转换。白色的羽毛已经变成灰色，从头到尾，那灰色也有深和浅的不同层次，深灰、浅灰和灰白色，像是野战将士的迷彩服。这种羽毛在季节中的变化，最初连专业人员也发生过错觉，以为在山野里又发现了朱鹮的"新新人类"，后来才知闹了笑话，仍然是朱鹮，灰色的朱鹮是白色的朱鹮适应生存发展的一种色变。

灰色的朱鹮头顶上耀眼的丹红暗淡了，长喙尖头的红色也变成铁红了，长腿的红色也收敛了艳丽，只有翅膀内里的红色还依旧鲜亮。为了繁育后代，为了繁育期卧巢和不能远行的安全，这鸟儿一身素装，把天生丽质隐蔽起来，像最爱美的少妇在月子里的不修边幅和甘愿的邋遢。对我来说，遗憾虽然有，毕竟见到了真实的朱鹮，优雅依旧，神韵依然，囚在笼子里的栖卧和蹒跚，依然不失其仙风神韵的优雅。

为了防止最丑恶的蛇和老鼠偷食鸟蛋和幼鸟，偌大的笼子用罕见的细密的钢丝织成围就，我无法想象蛇和鼠对朱鹮生存的威胁和残害的惨景，然而自然界从来就是这样混生着。专家还告诉我，养在笼子里的朱鹮，最初是从野外抢救回来的"老弱病残"，经人工科学养护脱离危险，它们就不习惯笼子里的囚守般的限制往外扑逃，常常撞到丝网上而伤翅破头，感染溃烂致死。于是就在网内再设一层软网，有效地解决了这个棘手的问题。正是这一道软网，使日本人感到自己脑袋还有不开窍的那一面，能造出世界上最好的汽车和电器，却想不到这一张软网，致使饲养的朱鹮屡屡发生撞伤以至死亡的惨事。

我还是想看到纯如白雪公主的朱鹮，还是渴望观赏朱鹮在稻田和缓坡地带飞翔在蓝天白云下的仙风神韵。需等到秋天或冬天，朱鹮的幼鸟也能翱翔天空时，哺育和监护后代的使命宣告完成，就逐渐变换出嫩白的羽毛和几点惹眼的丹红，就可以看到掠过水田和绿树的仙姿神韵了。

留下遗憾，也留下依恋和向往，待秋后满山红叶时，再到洋县朱鹮聚居的山野来，再做礼拜。

/告别白鸽/

老舅到家里来,话题总是离不开退休后的生活内容,谈到他还可以干翻扎麦地这种最重的农活儿,很自豪的神情;养着一只大奶羊,早晨起来挤下羊奶煮熟和孙子喝了,孙子去上学,他则牵着羊到坡地里去放牧,挺诱人的一种惬意的神色;说他还养着一群鸽子,到山坡上放羊时或每月进城领取退休金时,顺路都要放飞自己的鸽子。我禁不住问:"有白色的没有?纯白的?"

老舅当即明白了我的话意,不无遗憾地说:"有倒是有……只有一对。"随之又转换成愉悦的口吻:"白鸽马上就要下蛋了,到时候我把小白鸽给你捉来,就不怕它飞跑了。"老舅大约看出我的失望,继续解释说:"那一对老白鸽你养不住,咱们两家原上原下几里路,它一放开就飞回老窝里去了。"

我就等待着,并不焦急,从产卵到孵化再到幼鸽独立生存,差不多得两个月,急是没有用的。我那时正在远离城市的乡下故园里住着读书写作,大约七八年了,对那种纯粹的乡村情调和质朴到近乎平庸的生活,早已生出寂寞,尤其是陷入那部长篇小说的写作以来的三年。这三年里我似乎在穿越一条漫长的历史隧道,仍然看不到出口处的亮光,一种劳动过程之中尤其是每一次劳动中止之后的寂寞围裹着我,常常难以诉述难以排解。我想到能有一对白色的鸽子,心里便生出一缕温情一方圣洁。

出乎我意料的是,一周没过,舅舅又来了,而且捉来了一对白鸽。面对我的欣喜和惊讶之情,老舅说:"我回去后想了,干脆让白鸽把蛋下到你这里,在你这里孵出小鸽,它就认你这儿为家咧。再说嘛,你一年到头闷在屋里看书呀写字呀,容易烦。我想到这一层就赶紧给你捉来了。"我看着老舅的那双洞达豁朗的眼睛,心不由怦然颤动起来。

我把那对白鸽接到手里时,发现老舅早已扎住了白鸽的几根羽毛,这样被细线捆扎的鸽子只能在房屋附近飞上飞下,而不会飞高飞远。老舅特别叮嘱说,一旦发现雌鸽产下蛋来,就立即解开它翅膀上被捆扎的羽毛,此时无须担心鸽子飞回老窝去,它离不开它的蛋。至于饲养技术,老舅不屑地说:"只要每天早晨给它撒一把谷粒儿……"

我在祖居的已经完全破败的老屋的后墙上的土坯缝隙里，砸进了两根木棍子，架上一只硬质包装纸箱，纸箱的右下角剪开一个四方小洞，就把这对白鸽放进去了。这幢已无人居住的破落的老屋似乎从此获得了生气，我总是抑制不住对后墙上的那一对活泼的白鸽的关切之情，没遍没数儿地跑到后院里，轻轻地撒上一把玉米粒儿。起始，两只白鸽大约听到玉米粒落地时特异的声响，挤在纸箱四方洞口探头探脑，像是在辨别我投撒食物的举动是真诚的爱意抑或是诱饵？我于是走开，以便它们可以放心进食。

终于出现奇迹。那天早晨，一个美丽的乡村的早晨，我刚刚走出后门扬起右手的一瞬间，扑啦啦一声响，一只白鸽落在我的手臂上，迫不及待地抢夺手心里的玉米粒儿。接着又是扑啦啦一声响，另一只白鸽飞落到我的肩头，旋即又跳弹到手臂上，挤着抢着啄食我手心里的玉米粒儿。四只爪子掐进我的皮肉，有一种痒痒的刺痛。然而听着玉米粒从鸽子喉咙滚落下去的撞击的声响，竟然不忍心抖掉鸽子，似乎是一种早就期盼着的信赖终于到来。

又是一个堪称美丽的早晨，飞落到我手臂上啄食玉米的鸽子仅有一只，我随之发现，另外一只静静地卧在纸箱里产卵了。新生命即将诞生的欣喜和某种神秘感，立时就在我的心头潮溢开来。遵照老舅的经验之说，我当即剪除了捆扎鸽子羽毛的绳索，白鸽自由了，那只雌鸽继续钻进纸箱去孵蛋，而那只雄鸽，扑啦啦扑向天空去了。

终于听到了破壳出卵的幼鸽的细嫩的叫声。我站在后院里，先是发现了两只破碎的蛋壳，随之就听到从纸箱里传下来的细嫩的新生命的啼叫声。那声音细弱而又嫩气，如同初生婴儿无意识的本能的啼叫，又是那样令人动心动情。我几乎同时发现，两只白鸽轮番飞进飞出，每一只鸽子的每一次归巢，都使纸箱里欢闹起来，可以推想，父亲或母亲为它们捕捉回来了美味佳肴。

我便在写作的间隙里来到后院，写得拗手时到后院抽一支烟，那哺食的温情和欢乐的声浪会使人的心绪归于清澈和平静，然后重新回到摊着书稿的桌前；写得太顺时我也有意强迫自己停下笔来，到后院里抽一支雪茄，瞅着飞来又飞去的两只忙碌的白鸽，聆听那纸箱里日渐一日愈加喧腾的争夺食物的欢闹，于是我的情绪由亢奋渐渐归于冷静和清醒，自觉调整到最佳写作心态。

这一天，我再也按捺不住神秘的纸箱里小生命的诱惑，端来了木梯，自然是趁着两只白鸽外出采食的间隙。哦,那是两只多么丑陋的小鸽,硕大的脑袋光溜溜的,又长又粗的喙尤其难看,眼睛刚刚睁开,两只肉翅同样光秃秃的,它俩紧紧依偎在一起,静静地等待母亲或父亲归来哺食。我第一次看到了初生形态的鸽子,那丑陋的形态反而使我更急切地期盼蜕变和成长。

我便增加了对白鸽喂食的次数,由每天早晨的一次到早、午、晚三次。我想到白鸽每天从早到晚外出捕捉虫子,不仅活动量大大增加,自身的消耗也自然大大增加,而且把采来的最好的吃食都喂给幼鸽了。

说来挺怪的,我按自己每天三餐的时间给鸽子撒上三次玉米粒,然后坐在书桌前与我正在交葛着的作品里的人物对话,心里竟有一种尤为沉静的感觉,白鸽哺育幼鸽的动人情景,有形无形地渗透到我对作品中人物气性的把握和描述着的文字之中。

又是一个美丽的早晨,我在往地上撒下一把玉米粒的时候,两只白鸽先后飞下来,它们显然都瘦了,毛色也有点灰脏有点邋遢。我无意间往墙上的纸箱一瞅,两只幼鸽挤在四方洞口,以惊异稚气的眼睛瞅着正在地上啄食的父亲和母亲。那是怎样漂亮的两只幼鸽哟,雪白的羽毛,让人联想到刚刚挤出的牛乳。幼鸽终于长成了,所有可能发生的意外或不测的担心顿然化解了。

那是一个下午,我准备到河边上去散步,临走之前给白鸽撒一把玉米粒,算是晚餐。我打开后门,眼前一亮,后院的土目墙的墙头上,落栖着四只白色的鸽子,竟然给我一种白花花一大堆的错觉。两只老白鸽看见我就飞过来了,落在我的肩头,跳到手臂上抢啄玉米。我把玉米撒到地上,抖掉老白鸽,好专注欣赏墙头上那两只幼鸽。

两只幼鸽在墙头上转来转去,瞅瞅我又瞅瞅在地上啄食的老白鸽,胆怯的眼光如此显明,我不禁笑了。从脑袋到尾巴,一色纯白,没有一根杂毛,牛乳似的柔嫩的白色,像是天宫降临的仙女。是的,那种对世界对自然对人类的陌生和新奇而表现出的胆怯和羞涩,使人顿时生出诸多的联想:刚刚绽开的荷花,含珠带露的梨花,养在深山人未识的俏妹子……最美好最纯净最圣洁的比喻仍然不过是比喻,仍然不及幼鸽自身的本真之美。这种美如此生动,直教我心灵震颤,甚至畏怯。是的,人可以直面威胁,可以蔑视阴谋,可以踩过肮脏的泥泞,可以对叽叽咕咕保持沉默,可以对丑恶闭上眼睛,然而在面对美的精灵时却是一种怯弱。

小白鸽和老白鸽在那幢破烂失修的房脊上亭亭玉立。这幢由家族的创业者修盖的房屋,经历了多少代人的更替而终于墙颓瓦朽了，四只白色的鸽子给这幢风烛残年的老房子平添了生机和灵气，以致幻化出家族兴旺时期的遥远的生气。

夕阳绚烂的光线投射过来，老白鸽和幼白鸽的羽毛红光闪耀。

我扬起双手，拍出很响的掌声，激发它们飞翔。两只老白鸽先后起飞。小白鸽飞起来又落下去，似乎对自己能否翱翔蓝天缺乏自信，也许是第一次飞翔的胆怯。两只老白鸽就绕着房子飞过来旋过去，无疑是在鼓励它们的儿女勇敢地起飞。果然，两只小白鸽起飞了，翅膀扇打出啪啪啪的声响，跟着它们的父母彻底离开了屋脊，转眼就看不见了。

我走出屋院站在街道上，树木笼罩的村巷依然遮挡视线，我就走向村庄背靠的原坡，树木和房舍都在我眼底了。我的白鸽正从东边飞翔过来，沐浴着晚霞的橘红。沿着河水流动的方向，翼下是蜿蜒着的河流，如烟如带的杨柳，正在吐絮扬花的麦田。四只白鸽突然折转方向，向北飞去，那儿是骊山的南麓，那座不算太高的山以风景和温泉名扬历史和当今，烽火戏诸侯和捉蒋兵谏的故事就发生在我的对面。两代白鸽掠过气象万千的那一道道山岭，又折回来了，掠过河川，从我的头顶飞过，直飞上白鹿原顶更为开阔的天空。

原坡是绿的,梯田和荒沟有麦子和青草覆盖,这是我的家园一年四季中最迷人、最令我陶醉的季节,而今又有我养的四只白鸽在山原河川上空飞翔,这一刻,世界对我来说就是白鸽。

这一夜我失眠了,脑海里总是有两只白色的精灵在飞翔,早晨也就起来晚了。我猛然发现,屋脊上只有一双幼鸽。老白鸽呢?我不由得瞅瞅天空,不见踪迹,便想到它们大约是捕虫采食去了。直到乡村的早饭已过,仍然不见白鸽回归,我的心里竟然是慌惶不安。这当儿,舅父走进门来了。

"白鸽回老家了,天刚明时。"

我大为惊讶。昨天傍晚,老白鸽领着儿女初试翅膀飞上蓝天,今日一早就飞回舅舅家去了。这就是说,在它们来到我家产卵孵蛋哺育幼鸽的整整两个多月里,始终也没有忘记老家故巢,或者说两个多月孵化哺育幼鸽的行为本身就是为了回归。我被这生灵深深地感动了,也赦心了。我舒了一口气:"噢哟!回去了好。我还担心被鹰鹞抓去了呢!"

留下来的这两只白鸽的籍贯和出生地与我完全一致,我的家园也是它们的家园;它们更亲昵地甚至是随意地落到我的肩头和手臂,不单是为着抢啄玉米粒儿;我扬手发出手势,它们便心领神会从屋脊上起飞,在村庄、河川和原坡的上空，做出种种酣畅淋漓的飞行姿态，山岭、河川、村舍和古原似乎都舞蹈起来了。然而在我，却一次又一次地抑制不住发出吟诵：这才是属于我的白鸽！而那一对老白鸽嘛……毕竟是属于老舅的。我也因此有了一点点体验，你只能拥有你亲自培育的那一部分……

当我行走在历史烟云之中的一个又一个早晨和黄昏，当我陷入某种无端的无聊无端的孤独的时候，眼前忽然会掠过我的白鸽的倩影，淤积着历史尘埃的胸脯里便透进一股活风。

直到惨烈的那一瞬，至今依然感到手中的这支笔都在颤抖。那是秋天的一个夕阳灿烂的傍晚，河川和原坡被果实累累的玉米棉花谷子和各种豆类覆盖着，人们也被即将到来的丰盈的收获鼓舞着，村巷和田野里泛溢着愉快喜悦的声浪。我的白鸽从河川上空飞过来，在接近西边邻村的村树时，转过一个大弯儿，就贴着古原的北坡绕向东来。两只白鸽先后停止了扇动着的翅膀，做出一种平行滑动的姿态。恰如两张洁白的纸页飘悠在蓝天上。正当我忘情于最轻松最舒悦的欣赏之中，一只黑色的幽灵从原坡的哪个角落里斜冲过来，直扑白鸽。白鸽惊慌失措地启动翅膀重新疾飞，然而晚了，那只飞在头前的白鸽被黑色幽灵俘掠而去。我眼睁睁地瞅着头顶天空所骤然爆发的这一场弱肉强食、侵略者和被屠杀者的搏杀……只觉眼前一片黑暗。当我再次眺望天空,唯见两根白色的羽毛飘然而落,我在坡地草丛中捡起,羽毛的根子上带着血痕,有一缕血腥气味。

侵略者是鹞子,这是家乡人的称谓,一种形体不大却十分凶残暴戾的鸟。

老屋屋脊上现在只有一只形单影孤的白鸽。它有时原地转圈,发出急切的连续不断的咕咕的叫声;有时飞起来又落下去,刚落下去又飞起来,似乎惊恐又似乎是焦躁不安;我无论怎样抛撒玉米粒儿,它都不屑一顾,更不像往昔那样落到我肩上来。它是那只雌鸽,被鹞子残杀的那只是雄鸽。它们是兄妹也是夫妻,它的悲伤和孤清就是双重的了。

过了好多日子,白鸽终于跳落到我的肩头,我的心头竟然一热,立即想到它终于接受了那惨烈的一幕,也接受了痛苦的现实而终于平静了。我把它握在手里,光滑洁白的羽毛使人产生一种神圣的崇拜。然而正是这一刻,我决定把它送给邻家一位同样喜欢鸽子的贤,他养着一大群杂色信鸽,却没有白鸽。让我的白鸽和他那一群鸽子合帮结伙,可能更有利生存。再者,我实在不忍心看见它在屋脊上的那种孤单。

它还比较快地与那一群杂色鸽子合群了。

我看见一群灰鸽子在村庄上空飞翔，一眼就能辨出那只雪白的鸽子，欣慰我的举措的成功。

贤有一天告诉我，那只白鸽产卵了。

贤过了好多天又告诉我，孵出了两只白底黑斑的幼鸽。

我出了一趟远门回来，贤告诉我，那只白鸽丢失了。我立即想到它可能又被鹞子抓去了。贤提出来把那对杂交的白底黑斑的鸽子送我。我谢绝了。

又过了一些日子，失掉我的两只白鸽的情感波澜已经平静。老屋也早已复归平静，对我已不再具任何新奇和诱惑。我在写作的间隙里，到前院浇花除草，后院都不再去了。这一天，我在书桌前继续文字的行程，窗外传来了咕咕咕的鸽子的叫声，便摔下笔，直奔后院。在那根久置未用的木头上，卧着一只白鸽。是我的白鸽。

我走过去，它一动不动。我捉起它来，它的一条腿受伤了，是用细绳子勒伤了的。残留的那段细绳深深地陷进肿胀的流着脓血的腿杆里，我的心里抽搐起来。我找到剪刀剪断了绳子，发觉那条腿实际已经勒断了，只有一缕尚未腐烂的皮连接着。它的羽毛变成灰黄，头上粘着污黑的垢甲，腹部粘结着干涸的鸽粪，翅膀上黑一坨灰一坨，整个儿污脏得难以让人握在手心了。

我自然想到，这只丢失归来的白鸽是被什么人捉去了，还是遭了鹞子？它被人用绳子拴着，给自家的孩子当玩物？或者连他以及什么人都可以摸摸玩玩的？白鸽弄得这样脏兮兮的，不知有多少脏手抚弄过它，却根本不管不顾被细绳勒断了的腿。我在那一刻突然想到，它还不如它的丈夫被鹞子扑杀的结局。

我在太阳下为它洗澡，把由脏手弄到它羽毛上的脏洗濯干净，又给它的腿伤敷了消炎药膏，盼它伤愈，盼它重新发出羽毛的白色。然而它死了，就在第二天早晨，在它出生的后墙上的那只纸箱里……

追寻貂蝉

米脂的婆姨绥德的汉。

在陕北,婆姨既指妻子,也泛称女性。这民谣说米脂县出美女,绥德县的男子是最俊俏的。至于米脂的婆姨怎么美,美到如何程度,陕北人一般都缺乏耐心具体地为你描述皮肤如何白嫩细腻,脸腮怎样艳若桃花啦;或是根本不屑于用这些惯常的陈词滥调去涂抹他们心目中的米脂婆姨,干脆随口反诘一句:貂蝉什么样? 貂蝉就是米脂婆姨!

貂蝉就成为米脂婆姨的象征,令一切男人崇拜,也成为陕北人可资骄傲的一个无可匹敌的象征。

受这样广泛流传的民谣的诱惑,踏上北去米脂的人,心里便跃跃着一种追寻貂蝉的企盼,企图阅尝米脂婆姨的风姿。记得是十二年前的一个夏天,黄土高原恰逢十年不遇的好年景,雨水充沛,连绵着的漫坡台田和蜿蜒着的河川里,被各种田禾覆盖得密不透风郁郁葱葱,大豆摇铃,稻子扬花,高粱吐红,谷子抽穗,热风挟裹着醉人的五谷气味灌进车窗，文人们一个个都情不自禁：约好到米脂县城先找一个貂蝉看看。

我和一位朋友在县城转了大街又走了背巷，不仅没有看到貂蝉般美丽的女子，连民谣里传诵的漂亮婆姨也未遇见，便对一位坐在廊阶上摇着扇子乘凉的老汉问话：人说你们这儿婆姨好，怎么一个都不见？老汉摇着扇子直冲冲一句：还问哩！都给你们城里人勾引跑了。我一愣，朋友却调侃说，城市对乡村的野蛮"掠夺"，以至貂蝉。

虽然失望，却仍不怀疑民谣有任何伪诈。米脂水好，虽然粗粮布衣，却有好水滋润，所谓一方好水养一方好婆姨；米脂以北历来为边塞驻军之地，戍边的将军谋士的家属家眷，多是女人中的人尖儿，她们遗散民间，既带着优质良种，又兼着杂交取优的强势，百朝千代下来，米脂的婆姨便独秀于黄土高原了。这是陕北人推论米脂婆姨的自然的和历史的两大原因。同行的陕北作家证实，米脂的好婆姨都留不住，有本事的去上学去革命了，本事不强脸腮儿好的都给有本事的男人引走了；搞活了开放了，好婆姨更是像蜂儿搬家一样飞出去了，近的到延安，远的到西安，再远就是北京、深圳。你去饭店宾馆看看，凡是长得像貂蝉的，不用问，准是米脂的婆姨。

十二年后的又一个夏天,我从榆林返回时夜宿米脂,宾馆里的服务员一个个水灵灵的,操着生硬的夹生的普通话。我便可以想到,可能仅仅在三个月顶多半年以前,她们还在田峁上点瓜种豆,浇水除草,放羊喂鸡,一张招工启事就把她们"掠夺"到县城里来了。我的同行的朋友说,这儿的服务员个个赛貂蝉,比大会堂里的漂亮多了。我似乎难以附和,美则美矣!然而具体为貂蝉,似乎又不甘于此。这就是貂蝉吗?

晚上看歌舞团演出。朋友指点说,那个细高挑儿独唱的女孩,才是名噪陕北的貂蝉。深圳一家演出团开价多少多少月薪要把她"掠夺"南去,整个米脂整个榆林地区整个陕北高原都骚动起来了,自发自觉开始了保卫挽留小貂蝉的捐款捐资行动,资助经济拮据的歌舞团,一定要把这个好婆姨留下来。"这婆姨走了,我们到哪儿还能听到这么好听的信天游?"这个好小婆姨留下来了。

我被这个生活故事深深地感动了,人人都在追寻自己的貂蝉。

貂蝉的诞生源于民间神话故事,一位在天宫主司百花的牡丹仙子私自下凡,与米脂一个勤劳诚实的后生结为夫妻,女儿出生那天,有一只千娇百媚的银貂蝉蹿进屋院,便取名为貂蝉。这个千篇一律到平庸的神话，有两个不同凡响之处，一是牡丹仙子"采撷百花精英孕育胎儿"，二是牡丹仙子被勒令绑架回天宫之前，在小院里化出一丛牡丹，并嘱丈夫以牡丹花露养育女儿。这样孕育和成长起来的貂蝉会是怎样的仙骨仙姿呢？任你去想象去创造去追寻吧！你是永远也想象不尽的，你是永远也不可能完成那种创造的，你是永远也追寻不到的。

然而，你却无法中止想象，无法停止创造，更无法断绝追寻的欲望。人对貂蝉的追寻，似乎沟通着寓示着关于美的创造和追求的精神？

家有斑鸠

住到乡下老屋的第一个早晨,刚睁开眼,便听到咕咕——咕咕的鸟叫声。这是斑鸠。虽然久违这种鸟叫声,却不陌生,第一声入耳,我便断定是斑鸠,不由得惊喜。

披上衣服,竟有点迫不及待,悄声静气地靠近窗户,透过玻璃望出去,后屋的前檐上,果然有两只斑鸠。一只站在瓦楞上,另一只围着它转着,一边转着,一边点头,发出咕咕咕咕的叫声。显然是雄斑鸠在向雌斑鸠求爱,颇为绅士,像西方男子向所爱的女子鞠躬致礼,咕咕咕的叫声类似"我爱你"的表白。

这是我回到乡下老屋的第一个早晨看见的情景。一个始料不及的美妙的早晨。

六年前的大约这个时节,我和文学评论家王仲生教授住在波士顿城郊他的胞弟家里。尽管这座三层小洋楼宽敞舒适,我和王教授还是更喜欢站着或坐在后院里。后院是一片绿茸茸的草坪,有几种疏于管理的花木。这一排房子的后院连着后面一排小楼房的后院，中间有一排粗大高耸的树木分隔。树木的枝杈上，栖息着毋宁说侍立着一群鸟儿。一种通体黑色的梭子形状的鸟，在人刚开开后门走到草坪边的时候，梭子黑鸟便从树枝上飞下来，落在草坪上，期待着人撒出面包屑或什么吃食。你撒了吃剩的面包屑或米粒儿，它们就在你面前的草地上争食，甚至大胆地跳到人的脚前来。偶尔，还会有一只两只松鼠不知从哪棵树上蹿下来，和梭子鸟儿在草地上抢夺食物。

我在那个令人忘情的人与鸟兽共处的草坪上，曾经想过在我家的小院里，如若能有这样一群敢于光顾的鸟儿就好了。我们近年来的经济成就令世人瞩目，然而要赶上人家的年生产总值和人均收入的水平，尚需一个较长的时日；然而我们的鸟儿和诸如松鼠的小兽敢于到居民的阳台和农民的小院来觅食，却是不需花费财力物力的事，只需给鸟儿和兽儿一点人道和爱心就行了。然而实际想来，实现这样人鸟人兽共存共荣的和谐景象，恐怕也不是短时间的事。

飞翔在我们天空的鸟儿和奔驰在我们山川里的兽儿，对人的恐惧和绝对的不信任是一个基本的事实。我们把爱鸟爱兽作为一个普遍的社会意识来提倡，不过是十来年间的事。我们把鸟儿兽儿作为美食作为美裳作为玩物作为发财的对象而心狠手辣的年月，却无法算计。我能记得和看到的，一是1958年对麻雀发动的全民战争，麻雀虽未绝种，倒是把所有飞翔在天空的各色鸟儿吓得肝胆欲裂，它们肯定会把对人的恐惧和防范以生存戒律传递给子子孙孙。再是种种药剂和化肥，杀了害虫长了庄稼，却把许多食虫食草的鸟儿整得种族灭绝——更不要说那些利欲熏心丧尽良知的捕杀濒临灭绝的珍禽异兽者。我曾瞎猜过，能够存活到今天的鸟类、兽类，肯定具备一组特别优秀的专司提防、警惕人类伤害的基因。不然，早该在明枪暗弓以及五花八门的机关和陷阱里灭绝了。

还是说我家的斑鸠。

我有记事能力的时候就认识并记住了斑鸠，像辨识家乡的各种鸟儿一样，不足为奇。斑鸠在我的滋水家乡的鸟类中，是最朴拙最不显眼近乎丑陋的一种鸟。灰褐色的羽毛比不得任何一种鸟儿，连麻雀的羽翅上的暗纹也比不得。没有长喙和高足，比不得啄木鸟和鹭鸶。没有动人的叫声，从早到晚都是粗浑单调的咕咕咕——咕咕咕的声音。它的巢也是我所见过的鸟窝中最简单最不成型的一种，简单到仅有可以数清的几十根柴枝，横竖搭置成一个浅浅的潦草的窝。小时候我站在树下，可以从窝的底部的缝隙透见窝里有几枚蛋。我曾经在60年代的小学课文上看到过以斑鸠为题编写的课文,说斑鸠是最懒惰的鸟,懒得连窝也不认真搭建,冬天便冻死在这种既不遮风亦不挡雨的窝里。

然而,整个80年代到90年代初,我住在祖居的老屋里读书写字,没有看见过一只斑鸠。尽管我搞不清斑鸠消亡的原因,却肯定不会是如童话所阐述的陋窝所致,倒是倾向于某种农药或化肥的种类性绝杀。这种普遍的毫不起眼的鸟儿的绝踪,没有引起任何村人的注意。我以为在家院的周围再也看不到斑鸠了。

斑鸠却在我重返家乡的第一个清晨出现了,就在我的房檐上。

我便轻手开门,怕惊吓了它。它还是飞走了。

初始,无论我怎样轻手蹑足开门走路,它一发现我从屋内走到院中,扑棱一声就从屋脊或围墙上起飞了,飞入高高的村树上去了。我仍然往小院里撒抛米谷。直到某一日,我开门出来,两只斑鸠突然从院中飞起,落到房檐上,还在探头探脑瞅着院中尚未吃完的谷米。我的心里一动,它终于有胆子到院内落脚啄食了,这是一次突破性的进展。

我和斑鸠的关系获得令人振奋的突破之后,随之便是持久的停滞不前。斑鸠在房檐在房脊在院墙上栖息追逐,似乎已经放心无虞。然而有我在场的时候,它们绝不飞落到院里来啄食,无论我抛撒的米谷多么富于诱惑。有几次我从室内的窗玻璃前窥视到斑鸠在院中啄食米谷的情景,每当我出门,它们便惊慌地飞上房顶。这一刻,我清醒地意识到,它还不完全是我家的斑鸠。

要让斑鸠随心无虞地落到小院里,心里踏实地啄食,在我的眼下,在我的脚前,尚需一些时日。

我将等待。

遇合燕子，还有麻雀

燕子来了。

刚一打开门，燕子就飞过来，唧唧唧唧吵叫着，在过庭的四周旋飞，自然是寻找可以筑巢的地方。有时候多到十余只，在前屋后屋的过庭和屋檐下旋转。整个屋院里，呈现熙熙攘攘热热闹闹的气氛。无论在南方或在北方，燕子都被平民视为吉祥的美和善的形象，也是春天的象征。尽管寒风依旧刺脸，尽管冰雪封冻枯草遍地，心里却已洋溢着春天的气息了。燕子都来了啊！

拒绝燕子，我便闭了前门，也关了后门，不许燕子到屋内筑巢。我十分喜欢这种洋溢着吉祥洋溢着善良的鸟儿，却又不得不硬着心肠拒绝它们进屋，确是无奈的事。

上世纪80年代某一年，小燕子在我刚刚建成的前屋里寻觅栖息之地，最后选定了装着电灯开关的那个圆形木盒子，据此便衔泥筑窝。我和妻子和孩子都怀着一份欣喜，在新屋里添一对喜气洋洋的燕子，于心理上似乎平添了一份令人舒缓的吉祥气氛，都十分珍爱十分欢迎这一对客鸟。很短几天，小燕的窝巢极快地长高着，令我惊讶，曾戏谑简直是深圳速度啊！（那时候，深圳建筑业挣脱了中国建筑行当习以为常的慢腾腾，以几天建一层楼房的高速度震惊了中国，被誉为深圳速度，也成为中国经济改革的一个形象化的代名词。）我同时也发现了不妙：燕子用泥筑成大半的窝上，夹杂着一枝枝细长的草枝草叶，悬吊在空中，看上去乱糟糟脏兮兮的。印象中燕子是用纯粹的河泥造窝的，怎么会夹杂这么多草枝？问及村人，老者说，燕子有两种，一为瑚燕，用纯粹的河泥筑窝；一为草燕，用杂和着草枝草叶的河泥造窝。我才大开眼界，知道燕子中也有精致和粗糙的类别。

在我新屋里筑巢的这一对燕子，无疑是属于粗糙类的草燕一种了。但终归是燕子，粗糙就粗糙一点吧，我自己其实也不属于精致雅细之人，粗糙的人和粗糙的燕子正好合拍，正好可以为邻为伍，谁也不必嫌烦谁。到得这一对燕子夫妇开始轮换卧巢孵卵的时候，我又发现了不妙。墙上开始出现黑一道黄一道的排泄物。留心观察发现，卧巢孵蛋的燕子后急了，便把屁股撅出窝口，完了事又钻进窝去继续孵蛋，墙上就流下来一道儿秽物。我就觉得不能容忍，粗糙也不能粗糙到这种程度嘛！然而还是容忍了，主要是因为那窝里正在孵化的两枚蛋，说不定小燕就要破壳而出了呢。家人已多怨言，说没见过这样又懒又脏的燕子。怨归怨，嫌归嫌，只盼小燕尽早出窝离巢。

及至雏燕出壳，及至嫩雏逐渐长大羽丰，食量与日俱增，排泄量也同步增加，整个那一片墙壁，已经被燕粪涂抹得不堪入目，地上也落着脏物。每有客人来，迎面看见这幅景象，总是说把窝捣了，太不像样子了。我忍耐着那份惨不忍睹，承受着那份脏，直到发现雏燕已经出窝试飞，终于下了逐客令……因为实在无法辨别瑚燕和草燕儿，便闭了门，一律拒绝燕子进屋，有点因噎废食的简单。

拒绝燕子，另有一个更硬的原因。我一个人住在这个祖居老屋里，常有出门的时候，短则一日，长则十天半月，走了就得锁门，燕子苦心巴力筑巢育雏，都会前功尽弃，甚或虐杀幼雏。即使精致的瑚燕，也无法容留。然而心里确实期盼能有一对瑚燕为邻为友，每天唧唧啾啾呢喃着，添一分生气和祥和，真是令人喜出望外的事。早春时节去南方十天，回到原下老家时，我的第一发现，就是有燕子择定了居地。在前屋的后檐下，在那个粗大的挑梁和后墙构成的三角地带，有一个正在建筑着的燕窝。我一眼就看出来,那窝纯粹是用细腻的河泥垒堆的,一根一丝杂草也不见,据此可以断定属于精致的瑚燕窝。它选择的地方也太好不过,无论我在家或出外,都不妨碍它筑窝和将来育雏。

又是深圳速度。两只燕子轮番衔着泥回来,把泥团搭在茬口上,歪着小脑袋左按一下,右按一下,然后就飞走了。我很奇怪,一团一团的河泥里掺着细沙,本是很松散的,比普通黄泥的黏合力差得远了,怎么会黏结得牢靠?似乎村人说过,燕子嘴里自含胶。是说燕子的口腔里分泌一种可以使泥团增强黏结力的液体。无法验证,不得而知,反正那窝与日俱增着,速度极快。我在暗自庆幸遇合了这一对精致的瑚燕的愉快心境里,看着专心致志忙忙碌碌筑巢的燕子,常常浮出幼年的一幅难忘的情景来。

大约是我刚刚入学启蒙,还没有认下几个字的时候。某天放早学回家,看见父亲在后屋明间的脚地上锯一块小小的薄板,比我的课本大不出多少。我便问,锯这板干什么。父亲说给燕子架一个垒窝的台板。他说有一双燕子在屋梁上飞来飞去,有两三天了,估计找不到可以落泥垒窝的台板。叔父在一边不经意地说,等你给燕儿把台板架好了,它又不来了。父亲自顾自做着,在刨光的木板的一面,用毛笔写下四个大字,并问我,你都算是学生了,认不认得这几个字。我丝毫也不觉得难堪,因为父亲其实也明白我不可能认识这四个笔画很繁杂的汉字。他有点扬扬得意地念道:喜燕来朝。他继续以扬扬得意的口吻给我讲说,燕子是吉祥鸟,也是喜鸟善鸟,在谁家垒窝是喜事。我便问"朝"是什么意思。父亲"嗯"了一声,朝嘛也不敢说朝拜,咱是穷家百姓……叔父已经走开了。他几乎是个文盲,大约不屑看取父亲咬文嚼字的做派。然而父亲随之端来木梯,先在檩木上砸进两枚生铁方钉,再把木板架上去,又用细绳捆扎牢靠。我在梯子旁边瞅着"喜燕来朝"那四个悬在空中的毛笔字,积着灰尘结着隔年蛛网的老房旧梁,似乎顿然有了可期待的灵气了。母亲在催过我和父亲吃饭之后,随口说出几句关于燕子的歌谣:不吃你家米,不脏你家地,只借你家高房垒窝育儿女,也给你家添份喜……

我对燕子最初的认知和记忆,就是这天早晨留下的。父亲精心搭置的木板平台,真的招来了一对燕子。后来怎么垒窝、孵卵、育雏,年代久远,已不甚了了,只是清楚地记得,那对燕子不仅自己不在窝口拉屎,连它们孵出的雏燕的排泄物,也都转移到屋院以外的野地里去了。父亲说,燕子叼着虫回到窝喂小燕,出窝时就把小燕拉的屎叼走了,燕子这鸟比有些人还通灵性儿。这是事实，在写着"喜燕来朝"的木板上筑成的燕窝下面的脚地上，从来也没见过一次秽物，直到雏燕出窝。几十年后我才知晓，燕子中还有既脏地又脏墙令人生厌的草燕一类。据村人说，现在的燕子比过去多多了，村里好多人家都有燕子垒窝，十之八九都是粗糙的草燕，弄得屋里脏兮兮的，又不忍心赶出门去。瑚燕已经少得不成比例，愈显得珍贵，也愈难遇合了。我多庆幸啊！

看着最后一团湿泥干涸，再不见有新的湿漉漉的河泥垒加，我就明白燕子的这个建筑物大功告成了。这是怎样奇妙的一幢鸟类的伟大建筑啊：贴着墙的一面逐渐悬吊下去，形成一个小小的兜儿，然后又缓缓地朝前往上垒上去。最后收成一个仅仅只容得燕子出入的小口，我便可以推想，那个悬吊在最下部的兜儿，肯定是为产卵设计的，卵不至于乱滚，雏燕藏在这个兜底儿，恰如一个四面设围的摇篮，避免了瞎滚瞎爬而掉出来摔死的危险。这个燕窝是倚托挑梁和墙壁平面屋檐的三角地带垒成的，根本没有用我父亲在屋梁上架设的木板作基础，也没有十余年前那对草燕在前屋电灯开关的木盒上垒窝的依托，难度就很大了。这是一个完全悬空的建筑。这是燕群里的一对建筑大师出神入化的杰作，令我叹为观止。可以断定，这是它们的父母无法教给它们的方法和技巧，也是无法从它们的同类那儿模仿的，因为根本不存在完全相同的垒窝筑巢的环境，一切都得依据具体环境提供的可能性，去构思去设计去施工。由此可以推想，每一对燕子的每一次筑巢，都是一次重新开始的全新的创造，无法仿效同类，也无法重复自己。

我察觉新垒的燕窝呈现出一种谧静，只有一只燕子在屋院里偶尔掠过，估计这是那只公燕儿，母燕静卧新巢产卵了。我无意间也就放轻了脚步，出入后门走过头顶的那个神秘的燕窝时，自然生出一缕拘谨，生怕惊扰了它。想到再过一些时日，那神秘的窝巢里将会传出雏燕争食的声音，该是多么美妙哦！

外出一周回到原下，打开已经积尘的铁锁，首先想看一看前屋后檐下的燕窝，似乎没有任何动静。我便想到，可能正在产卵或孵卵哩，不到饿极或猴急，燕子是不会出窝的。几天过去了，我竟然没有发现燕子一次出入其巢，便有些疑惑，担心也就潜生了。后来就站在较远处的后屋前门口耐心等候，许久仍不见燕子出入的踪迹，倒是有两只甚至多只燕子出入前屋和后屋的大门，或在屋院上空旋飞，却不见进出窝口，这是怎么回事呢？又过了许多天，我终于断定，这个燕窝已是一个空巢，心里竟冷寂起来，猜想这对精心设计苦力构建了窝巢的燕子，不可能另择栖地重筑新巢，也不可能是被孩子虐杀，因为即使最捣蛋的孩子，也不会捉燕子的，我唯一能想到的是农药的绝杀。然而这个时节的乡村里，麦子已经接近成熟，早熟的水果都是不再施洒农药的。然而也不敢肯定，说不定什么人在菜园里喷了药汁……无论这种猜测的可靠性几何，结果却是不可改变的残酷，燕子确凿没有了，难得遇合的不脏我家地的瑚燕儿。

我的心里渐渐平复，在后屋里继续我写字或看书的事。某日中午，我撂下钢笔点燃一支卷烟，透过窗户玻璃无意朝前看去，看到一只麻雀从前屋后檐下飞出来，心里一惊，用水泥板构建的前屋后檐，没有任何鸟雀可以落脚的东西，这麻雀是不是从燕窝里飞出来的，我便走出后屋前门，站在台阶上想看个究竟。待了许久，再也看不到麻雀进出燕窝的奇迹发生，便想到刚才可能恰恰看见了一只从屋檐下掠过的麻雀，怪我多疑了，便又重新拾起钢笔。

当我再次点烟的时候，无意间又看见了从前屋后檐下飞出一只麻雀。这回我没有走出门去，就隐蔽在原位上隔着窗玻璃偷窥，果然，一只麻雀从屋檐上空折转下来，钻进那个燕窝里去了。我几乎脱口而出，雀占燕巢，千古奇观。随之就放声大笑了，笑得我都岔住气了。我读书读到有趣处时哑然失笑，是常有的事，有时候一个人走路想着某些滑稽可笑的事或人，也会暗自发笑。然而像这样的忍俊不禁的大笑，而且是我一个人独居着的偌大空寂的屋院，却是绝无仅有的事。真是不可思议！好你个麻雀兔崽子！任谁都知道鸠占鹊巢的故事，然而恐怕没有谁如我有幸亲眼目击雀占燕巢的滑稽了。那么精美的燕窝里，现在飞出来又钻进去的，竟然是土头灰脑的麻雀。乡村人惊奇这类不可思议的怪事时常说，奇哉怪哉，楸树上结串蒜薹。现在恰好可以套用乡村人的这个句式，奇哉怪哉，燕窝里飞出麻雀。我突然想到那位诡秘奇思的天才作家蒲松龄，编尽了天下妖魔鬼怪的奇事轶闻，怕是也想不到麻雀竟会占据燕巢。我听说过蛇和老鼠钻进燕窝偷食燕蛋的事，并不为奇，只觉得残忍。然而麻雀怎么可能欺侮燕子呢？

在鸟儿的王国里，有益鸟和害鸟之分，这是人类按鸟的习性对自身的利害而作出的划界。如果就鸟儿王国本身而言，有食肉类和以草虫为食物的区分。食肉一类的鸟如鹰、鸠、雕、鹞等，以捕杀各种鸟儿和小型动物营养自己，甚至凶残暴戾到敢于攻击人类，它们是鸟类王国里的侵略者。以各种植物的叶子和果实或小虫为食物的鸟儿，是鸟类王国里的"各民族人民大众",在广阔的大地上寻觅自己喜好的嫩叶、种子和虫子,互不干扰互不威胁和平共处。鸠占鹊巢就是鸟类王国里恶对善的欺凌。鸠是嗜血成性的凶鸟,而鹊是被人作为报喜禳灾的喜鸟而钟爱的。我却突发奇想,鸠残忍地捕杀喜鹊一类善鸟可能是时时发生的事,而鸠霸占喜鹊窝巢的事恐怕谁也没有亲眼目睹过。我见过无数的喜鹊窝巢,是鸟类中最不讲究最潦草的一种,用比较粗硬的树枝杂乱无章地搭压在一起,疏漏如同罗眼。这样的窝,鸠怕是看不到眼里的。鸠占鹊巢无非是寓示恶对善的欺凌,强武对弱势的霸道,没有谁去勘察鸠是否真的霸占过鹊的窝巢。

麻雀却霸占了燕子的窝巢,我已先睹为快。

麻雀在鸟类王国里,无疑属于弱势一族中的弱势,那么小的体形,对任何鸟儿都不会构成威胁。在人类的眼里,不该被视为与人争谷的害鸟而曾被动员起来的八亿人民(1958年全国人口)围歼,即使为其平反之后,人们也没有太在乎过它,小孩子们的弹弓首先瞄准的还是麻雀。这个被凶鸟欺压也被人类轻贱着的小小麻雀,却可以欺侮燕子。而燕子在人的眼里和心里,自古都是颇为高贵的可以享受"喜燕来朝"架板的贵宾。如果用人类拳击的规则来度量,麻雀和燕子属于同一个量级,大约都不过二两的体重吧。然而麻雀却可以以武力霸占燕巢，怕是燕子生性太善也太娇弱了……我这样推测。

我把这个类似"楸树上结了串蒜薹"的奇事讲给村里人，听者哈哈一笑便解谜了。村人说，麻雀根本不会和燕子动武，麻雀根本用不着和燕子动武。麻雀只要往燕子窝里钻一回，燕子就自动给麻雀把窝腾出来了。为啥？麻雀身上的臊气儿把燕子给熏跑了。燕子太讲究卫生了，闻不得麻雀的臊气。

哦！这又是我料想不到的学问，一个令我惊心的学问。

鸠以武力霸占鹊巢，如同人类历史中大大小小的臭名于世的侵略者，人们恐惧他们的暴力，却不奇怪他们曾经的出现和存在。然而麻雀呢？虽不具备如鸠一样的强力和嗜血成性的残暴，却可以用自身的腥臊气味把太过干净的燕子恶心一番，逼其自动出逃，达到如鸠一样霸占其巢的目的，而且不留鸠的恶。由此类推到自然界，如若蛆虫爬进了蚕箔，蚕肯定会窒息而死，其实蛆对蚕是不具备攻击力的。如若把一株臭蒿子栽到兰花盆里，后果将不言而喻。再推及到人类社会生活中的臭与香、丑与美、恶俗与雅、鸨婆与林黛玉、泼皮无赖和谦谦君子，其实是不必交手结局就分明了。

这例成为我开心的一大景观。我站在台阶上抽烟,或坐在庭院里喝茶,抬头就能看见出出进进燕窝的麻雀的得意和滑稽,总忍不住想笑。起初,麻雀发现我站着或坐在院里,还在屋檐上或墙头上窥视,尚不敢放心大胆地进入燕窝,一旦我转身进屋,哧溜一声就钻进去了,还有点不好意思的心虚,显现出贼头贼脑的样子。时间一久,大约断定我其实并不介入它占燕巢的劣行,就变得无所顾忌的大胆了,无论我在屋里或檐下,它都自由出入于燕窝。我也就对麻雀吟诵:放心地在燕窝里孵蛋,再哺育小麻雀吧!毕竟也还是一种鸟!

半坡猜想

/关于一条河的记忆和想象/

在我写过的或长或短的小说、散文中，记不清有多少回写到过这条河，就是从我家门前自东向西倒流着的灞河。或着意重笔描绘，或不经意间随笔捎带提及，虽然不无我的情感渗透，着力点还是把握在作品人物彼时彼境的心理情绪状态之中，尤其是小说。散文里提到这条河，自然就是个人情感的直接投注和舒展了，多是河川里四时景致的转换和变化，还有系结在沙滩上杨柳下的记忆，无疑都是最易于触发颤动的最敏感的神经。然而，直到今年3月1日，即农历二月二的龙抬头日，我站在几万乡民祭祀华胥氏始祖的祭坛上的那一刻，心里瞬间突显出灞河这条河来，也从我以往的关于这条河的点滴描述的文字里摆脱出来；我才发现这条河远远不止我的浮光掠影的文字景象，更不止我短暂生命里的砂金碎花类的记忆。是的，我站在孟家崖村的华胥氏始祖的祭台上，心里浮出来的却是距此不过三里路的灞河。

锣鼓喧天。几家锣鼓班子是周边几个规模较大的村子摆下的阵势,这是秦地关中传统的表示重大庆祝活动的标志性声响,也鼓着呈现高低的锣鼓擂台的暗劲儿。岭上和河川的乡民,大约四万余众,汇集到华胥镇上来了。西安城里的人也闻讯赶来凑热闹了,他们比较讲究的乃至时髦的服饰和耀眼的口红,在普遍尚顾不得装潢自己的乡村民众的漩涡里浮沉。前日刚刚下过一场大雪。北边的岭和南边的原坡,都覆盖着白茫茫的雪,河川果园和麦田里的雪已经消融得坨坨斑斑。乡村土路整个都是泥泞。祭坛前的麦田被踩踏得翻了浆。巨大的不可抑制的兴奋感洋溢在男男女女老老少少的脸上,昨天以前的生活里的艰难和忧愁和烦恼全部都抛开了,把兴奋稀奇和欢悦呈现给擦肩挤胯而过的陌生的同类。他们肯定搞不清史学家们从浩瀚的故纸堆里翻检出来的这位华夏始祖老奶奶的身世,却怀着坚定不移的兴致来到这个祭坛下的土前投注一回虔诚的注目礼。

华胥镇,以华胥氏命名的镇。距现存的华胥遗址所在地孟家崖村不过一华里,这个古老的小镇自然最有资格以华胥氏命名了。这个镇原名油坊镇,亦称"油坊街",推想当是因为一家颇具规模的榨油作坊而得名。然而,在我的印象里,连那家榨油作坊的遗迹都未见过。这个镇紧挨着灞河北岸，我祖居的村子也紧系在灞河南岸，隔河可以听见鸡鸣狗叫打架骂仗的高腔锐响。我上学以前就跟着父亲到镇上去逛集，那应是我记忆里最初的关于繁华的印象。短短一条街道，固定的商店有杂货铺、文具店、铁匠铺、理发店，多是两三个人的规模，逢到集日，川原岭坡的乡民挑着推着粮食、木柴和时令水果，牵着拉着牛羊猪鸡来交易，市声嗡响，生动而热闹。我是从1953年到1955年在这个镇的高级小学里完成了小学高年级教育，至今依然保存着最鲜活的记忆。我在这里第一次摸了也打了篮球。我曾经因耍小性子伤了非常喜欢我的一位算术老师的心。因为灞河一年三季常常涨水，虽然离校不过二里地，我只好搭灶住宿，睡在教室里的木楼上，夜半尿憋醒来跑下木楼楼梯，在教室房檐下流过的小水渠尿尿，早晨起来又蹲在小水渠边撩水洗脸，住宿的同学撩着水也嘻嘻哈哈着。这条水渠从后围墙下引进来，绕流过半边校园，从大门底下石砌的暗道流到街道里去了。我们班上有孟家崖村子的同学，似乎没有说过华胥氏祖奶奶的传说，却说过不远处的小小的娲氏庄，就是女娲"抟土造人"的神话发生的地方。我和同学在晚饭后跑到娲氏庄，寻找女娲抟泥和炼石的遗痕，颇觉失望，不过是别无差异的一道道土崖和一堆堆黄土而已。五十多年后的2006年的农历二月二日，我站在少年时期曾经追寻过女娲神话发生的地方，与几万乡民一起祭奠女娲的母亲华胥氏，真实地感知到一个民族悠远、神秘而又浪漫的神话和我如此贴近。我自小生活在诞生这个神话的灞河岸边，却从来没有在意过，更没有当过真。年过六旬的我面对祭坛插上一炷紫香弯腰三鞠躬的这一瞬，我当真了，当真信下这个神话了，也认下八千年前的这位民族始祖华胥氏老奶奶了。

在蓄久成潮的文化寻根热里，几位学者不辞辛苦劳顿溯源寻根，寻到我的家乡灞河岸边的孟家崖和娲氏庄，找到了民族始祖奶奶华胥氏陵。

历史是以文字和口头传说保存其记忆的。相对而言，后人总是以文字确定记忆里的史实，而不在乎民间口头的传闻；民间传说似乎向来也不在意史家完全蔑视的口吻和眼神，依然故我津津有味地延续着自己的传说。这里发生了一件有趣的事，史家的文字记载和民间的口头记忆达成默契，互相认可也互相尊重，就是发生在灞河岸边创立过华胥国的华胥氏的神话。

这点小小的却令我颇为兴奋的发现，得之于学者们从文史典籍里钩沉出来的文字资料鉴证的事实。华胥氏生活的时代称为史前文化。有文化却没有文字。

没有文字，反而给神话传说的创造提供了空前绝后的繁荣空间。等到这个民族创造出方块汉字来，距华胥氏已经过去了大约五千年，大大小小的史圣们，只能把传说当作史实写进他们的著作。面对学者们从浩瀚的史料典籍里翻检钩沉的史料，我无意也无能力考证结论，只想梳理出一个粗略的脉系轮廓，搞明白我的灞河川道三千年前曾经是怎样一个让号称作家的我羞死的想象里的神话世界。

据《山海经·海内东经》记载："华胥履大人迹，于雷泽而生伏羲。"据《春秋世谱》记载："华胥氏生男名伏羲，生女为女娲。"在《竹书纪年·前篇》里的记载不仅详细，而且有魔幻小说类的情节，"太昊之母，居于华胥之诸，履巨人之迹，意有所动，虹且绕之，因而始娠。"华胥氏在灞河边上，无意间踩踏了一位巨人留下的脚印，似乎生命和意识里感受到某种撞击，那一美妙时刻，天空有彩虹缭绕，便受孕了，接着生出伏羲和女娲两兄妹来。

据史圣司马迁《史记·五帝本纪》说，华胥氏生伏羲女娲，伏羲女娲生少典，少典生炎帝和黄帝。这样，司马迁就把这个民族最早的家庭谱系摆列得清晰而又确切。按照这个族系家谱，炎帝和黄帝当属华胥氏的嫡传曾孙，该叫华胥氏为曾祖奶奶了。被尊为"人文初祖"的轩辕黄帝，埋葬于渭北高原的桥山，望不尽的森森柏树迷弥着悠远和庄严，历朝历代的官家和民间年年都在祭拜，近年间祭祀的规模更趋隆重更趋热烈，洋溢着盛世祥和的气象。炎帝在湖南和陕西宝鸡两地均有祭奠活动，虽是近年间的事，比不得黄帝祭祀的悠久和规模，却也一年盖过一年的隆重而庄严。作为黄帝炎帝的曾祖母的华胥氏，直到今年才有了当地政府（蓝田县）和民间文化团体联手举办的祭祀活动，首先让我这个生长在华胥古国的后人感到安慰和自豪了，认下这位始祖奶奶了。

我很自然追问，华胥氏无意间踩踏巨人的脚印而受孕，才有伏羲女娲以至炎黄二帝，那么华胥氏从何而来？古人显然不会把这种简单的漏洞留给后人。《拾遗记》里说得很确凿，"华胥是九河神女。"而且列出了九条河流的名称。这九条河流的名称已无现实对应，具体方位更无从考据和确定。既是"九河神女"，自然就属于不必认真也无须考究的神话而已。然而，《列子·黄帝篇》里记述了黄帝梦游华胥国的生动图景："其国无帅长，自然而已，其民无嗜欲，自然而已。不知乐生，不知恶死，故无夭殇。不知亲己，不知疏物，故无所爱憎。不知背逆，不知向顺，故无利害。都无所爱惜，都无所畏忌。入水不溺，入火不热，斫挞无伤痛，指摘无痛痒。乘空如履实，寝虚若处林。云雾不碍其视，雷霆不乱其听，美恶不滑其心，山谷不蹶其前，神行而已。"这是一种怎样美好的社会形态啊！其美好的程度远远超出了几千年后的现代人的想象。黄帝梦游过的华胥国的美好形态，甚至超过了世界上的穷人想象里的共产主义的美妙图景。华胥氏创造的华胥国里的生活景象和生活形态，不是人间仙境，而是仙境里的人间。这样的人间，截止到现在，在世界的或大或小的一方，哪怕一个小小的角落，都还没有出现过。黄帝的这个梦，无疑是他理想中要构建的社会图像。然而要认真考究这个梦的真实性，就茫然了。我想没有谁会与几千年前的一个传说里的神话较真，自然都会以一种轻松的欣赏心情看取这个梦里的仙境人间。我却无端地联想到半坡遗址。

　　黄帝梦游过的华胥氏创建的令人神往的华胥国，即今日举行华胥氏祭祀盛会的灞河岸边的华胥镇这一带地域。由此沿灞河顺流而下向西不过十公里，就是中国第二座史前遗址博物馆——西安半坡遗址。这是黄河流域一个典型而又完整的母系氏族公社时期的生活图景。有聚居的村落，有用泥块和木椽搭建的房子。房子里有火道和火炕。这种火炕至今还在我们家乡继续使用着。我落生到这个世界的头一个冬天就享受着火炕的温热，直到上世纪80年代初用电热褥取代了火炕。半坡人制作的鱼钩和鱼叉，相当精细，竟然有防止上钩和被叉住的鱼逃脱的倒钩。他们已经会编席，也会织布，这应该是中国最早的编织品，编和织的技术是他们最先创造发明出来的。他们毫无疑义又是中国制陶业的开山鼻祖，那些红色、灰色和黑色的钵、盆、碗、壶、瓮、罐和瓶的内里和陶盖上单色或彩绘着的鱼张着大嘴，跳跃着的鹿，令我叹为观止。任你撒开想象的缰绳张开想象的翅膀，想象六千多年前聚集在白鹿原西坡根下河岸边的这一群男女劳动生产和艺术创造的生活图景。他们肯定有一位睿智而又无私的伟大的女性作为首领，在这方水草丛林茂盛，飞禽走兽鱼蚌稠密的丰腴之地，进行着人类最初的文明创造。这位伟大的女性可是华胥氏？半坡村可是华胥国？或者说华胥氏是许多个华胥国半坡村里无以数计的女性首领之中最杰出的一位？或者说是在这个那个诸多的半坡村伟大女性首领基础上神话创造的一个典型？

这是一个充满迷幻魔幻和神话的时期。半坡遗址发掘出土的一只红色陶盆内侧，彩绘着一幅人面鱼纹图案，大约是魔幻现实主义的创始之作，把人脸和鱼纹组合在一幅图画上，比卡夫卡《变形记》里人和甲虫互变的想象早过六千多年，现在还有谁再把人变成狗的细节写出来或画出来，就只能令当代读者和看客徒叹现代人的艺术想象力萎缩枯竭得不成样子了。我倒是从那幅人面鱼纹彩绘图画里，联想到伏羲和女娲。华胥氏无意踩踏巨人脚印受孕所生的这一子一女，史书典籍上用"蛇身人首"来描述。"蛇身人首"和"人面鱼纹"有无联系？前者是神话创造，后者却是半坡人的艺术创作。我在赞叹具备"人面鱼纹"这样非凡想象活力的半坡人的同时，类推到距半坡不过十公里的华胥国的伏羲女娲的"蛇身人首"的神话，就觉得十分自然也十分合情理了。浐河是灞河的一条较大的支流，灞河从秦岭山里涌出，自东向西沿着北岭和南原（白鹿原）之间的川道进入关中投入渭河，不过百余公里，浐河自秦岭发源由南向北，在古人折柳送别的灞桥西边投入灞河。我便大胆设想，在灞河和浐河流经的这一方地域，有多少个先民聚集着的半坡村，无非是没有完整保存下来或未被发现而已，半坡遗址也是在上世纪50年代初兴建纺织厂挖掘地基时偶然发现的。华胥国其实就是又一个半坡村，就在我家门前灞河对岸二里远的地盘上，也许这华胥国把我的祖宗生活的白鹿原北坡下的这方宝地也包括在内。据史家推算，华胥氏的华胥国距今八千多年，半坡村遗址距今六千多年，均属人类发展漫长历程中的同一时期。神话和魔幻弥漫着整个这个漫长的时期，以至五千年前的我们的始祖轩辕黄帝，也梦牵魂绕出那样一方仙境里的人间——曾祖母华胥氏创造的华胥国。

告别华胥氏陵祭坛，在依然热烈依然震天撼地的锣鼓声响里，我徒增起对祭坛前这条河的依恋，便沿着灞河北岸平整的国道溯流而上。大雪昨日骤降骤晴。灿烂的丙戌年二月二龙抬头日的阳光如此鼓荡人的情怀。天空一碧如洗。河南岸横列着的白鹿原的北坡上的大大小小的沟壑，蒙着一层厚厚的柔情的雪。坡上的洼地和平台上，隐现着新修的房屋白色或棕色的瓷片，还有老式建筑灰色瓦片的房脊。公路两边的果园和麦地，积雪已融化出残破的景象，麦苗从融雪的地坨里露出令人心颤的嫩绿。柳树最敏感春的气息，垂吊的丝条已经绣结着米黄的叶芽了。我竟然追到蓝田猿人的发现地公王岭来了。

这是一阶既不雄阔也不高迈的岭地，紧依着挺拔雄浑的秦岭脚下，一个一个岭包曲线柔缓。灞河从公王岭的坡根下流过，河面很窄，冬季里水量很小，看去不过像条小溪。就是这个依贴着秦岭绕流着灞水的名不见经传的公王岭，一日之间，叫响了整个中国，乃至世界，进入中学历史课本，把公王岭发现的蓝田猿人注入一代又一代人的常识性记忆。这是在中国迄今发现最早的人类化石遗存，刚刚从猿蜕变进化到可以称作人的蓝田猿人，距今大约一百一十五万年。

这个蓝田猿人化石的发现，带有很大的偶然性，或者正应了"踏破铁鞋无觅处，得来全不费工夫"的老话。1963年春天，中科院古脊椎动物与人类研究所的一行专家，到蓝田县辖的灞河流域作考古普查。这是一个冷门学科里最冷的一门，别说普通乡民摇头茫然，即使有一定文化知识的当地教师干部，也是浑然不知茫然摇头。他们用当地人熟知的龙骨取代了化石，一下子就揭去了这个高深冷僻的冷门里神秘的面纱，不仅大小中药铺的药匣子里都有储备，掌柜的都精通作为药物的龙骨出自何地，蓝田北岭和原坡地带随处都有；被他们问到的当地识字或不识字的农民，胳膊一抡一指，烂龙骨嘛，满岭满坡踢一脚就踢出一堆。话说得兴许有点夸张，然而灞河北岸的岭地和南岸的白鹿原的北坡，农民挖地破山碰见龙骨屡见不鲜，积攒得多了就送到中药铺换几个零钱，虽说有益肾补钙功效，却算不得珍贵药材，很便宜的。农家几乎家家都有储备，有止血奇效。我小时割草弄破手指，大人割麦砍伤脚腕，取出龙骨来刮下白色粉末敷到伤口上，血立马止住不流，似乎还息痛。我便忍不住惋惜，说不定把多少让考古科学家觅寻不得的有价值的化石，在中药锅里熬成渣了，刮成粉末止了血了。

这一行考古专家在灞河北边的山岭上踏访寻觅，终于在一个名叫陈家窝的村子的岭坡上，发现了一颗猿人的牙齿化石，还有同期的古生物化石，可以想象他们的兴奋和得意，太不容易又太意外地容易了。由此也可以想到这里蕴积的丰厚，真如农民说的一脚能踢出一堆来。这一行专家又打听到灞河上游的古老镇子厚镇周围的岭地上龙骨更多，便奔来了。走过蓝田县城再往东北走到三十多里处，骤然而降的暴雨，把这一行衣履不整灰尘满身的北京人淋得避进了路边的农舍，震惊考古界的事就要发生了。

他们避雨躲进农舍，还不忘打听关于龙骨的事。农民指着灞河对岸的岭坡说，那上头多得很。他们也饿了，这里既没有小饭馆就餐，连买饼干小吃食的小商店也没有，史称"三年困难"的恶威尚未过去。他们按"组织纪律"到农民家吃派饭，就选择到对面岭上的农家。吃饭有了劲儿，就在村外的山坡上刨挖起来，果然挖出了一堆堆古生物化石，又挖出一颗猿人牙齿。他们把挖出的大量沉积物打包运回北京，一丝一缕进行剥离，终于剥离出一块完整的猿人头盖骨化石，震惊考古学界的发现发生了。这个小岭包叫川流着的各种型号的汽车，看背后蒙着积雪的一级一级台田，想着那场迫使考古专家改变行程的暴雨。如果他们按既定目标奔厚镇去了。所得在难以估计之中，这个沉积在公王岭砾石里的猿人头盖骨化石，可能在随后的移山造田的"学大寨"运动中被填到更深的沟壑里，或者被农民捡拾，进了药铺下了药锅熬成药渣，或者如我一样刮成粉末撒到伤口永远消失。这场鬼使神差的暴雨，多么好的雨。

我在公王岭陈列室里，看到蓝田猿人头盖骨复原仿制品，外行看不出什么绝妙，倒是对那些同期的古生物化石惊讶不已。原始野生的牛角竟有七十多公分长，人是无论如何招不住那牴角一触的。作为更新世动物代表的纳玛象，一颗獠牙长到二十多公分，直径粗到十余公分，真是巨齿了，看一眼都令人毛骨悚然。还有剑齿虎、披毛犀，单是牙齿和角，就可以猜想其庞然大物的凶猛了。我便联想到上世纪70年代初，我下乡驻队在白鹿原北坡一个叫龙湾的村子里。那是一个寒冷异常的冬天，在北方习惯称作冬闲季节，此时倒比往常更忙了，以平整土地为主项的学大寨运动正在热潮中。忽一日有人向我通报，说挖高垫低平整土地的社员挖出比碾杠还粗的龙骨。随之，打电话报告了西安有关考古的单位。当即派专家来，指导农民挖掘，竟然挖出一头完整的犀牛化石，弥足珍贵。龙湾村距公王岭不过四十公里，当属灞河的中偏下游了。可以想见，一百万年前的灞河川道，是怎样一番生机盎然生动蓬勃的景象。这儿无疑属于热带的水乡泽国，雨量充沛，热带的林木草类覆盖着山岭原坡和河川。灞河肯定不止现在旱季里那一绺细流，也不会那么浑，在南原和北岭之间的川道里随心所欲地南弯北绕涌流下去。诸如剑齿虎、纳玛象、原始野牛和披毛犀牛等兽类里的庞然大物，傲然游荡在南原北岭和河川里。已经进化为猿人的族群，想来当属这些巨兽横行地域里的弱势群体，然而他们的智慧和灵巧，成为生存的无可比拟的优势。他们继续着进化的漫漫行程。

从公王岭顺灞河而下到五十公里处，即是灞河的较大支流河边上的半坡氏族村落遗址。从公王岭的蓝田猿人进化到半坡人，整整走过了一百多万年。用一百多万年的时间，才去掉了那个"猿"字，成为真正意义上的人，真是太漫长太艰难了。我更为感慨乃至惊诧的是，不过百余公里的灞河川道，竟然给现代人提供了一个完整的从猿进化到人的实证：一百多万年的进化史，在地图上无法标识的一条小河上完成了。还有华胥氏和她的儿女伏羲女娲的美妙浪漫的神话，在这条小河边创造出来，传播开去，写进史书典籍，传播在一个有五千年文明史的子民的口头上。这是怎样的一条河啊!

　　这是我家门前流过的一条小河。

　　小河名字叫灞河。

/半坡猜想/

在陕西远至黄帝陵,近到最后一家乡试考场的无以数计的历史遗存景观中,母系氏族公社时期的一个完整的村落——半坡遗址,有意与无意间却是我观赏留恋最多的一处。这纯粹出于一种故乡情结。我的生身之地在白鹿原北坡下的灞河岸边。半坡村落遗址在白鹿原西坡下河岸边的二级台地上,两个村庄之间的距离不过十公里。绕着白鹿原北坡和西坡的灞河和浐河,在古人迎客的欢声笑语和折柳送别的情殇层层叠叠发生的灞河桥下汇合,投入广阔深沉的渭水。任何时候路过半坡,瞥见那个圆顶无柱的标志性建筑,眼前就浮现出六千年前那个村落里的清晰的格局,圆形或方形的泥墙草顶房屋,屋里的火塘和土炕,那造型精美的陶罐、陶瓶、陶盆、陶壶和陶钵等,还有那野生务育而成的粟,那开创人炎乐声的埙。那至今令人百思不得其确切意指的人面鱼纹图画……几十年来,半坡遗址在我心中都是一种梦幻般的景象。

我第一次踏进半坡先民生活过的遗址，是在1955年的秋天。我刚刚十三岁，到西安上中学，周六回家背馍路过半坡，我和同学到正在发掘的遗址，年老的和年轻的考古工作者蹲在大土坑里，用小铲和小毛刷在小心翼翼地剔除土屑。我连粗通的历史知识都没有，只有新鲜和稀奇，几乎再没有什么价值意义的理解，以及遥远到不可思议的梦幻般的迷茫。

这种梦幻般的迷茫一直延续到现在。尽管我对人类进化的历史普及到一些常识，尽管我记不清多少次听专家讲述半坡人的生存形态和创造性劳动，这种梦幻般的迷茫不仅没有透彻清晰出来，反倒陷入愈来愈富于想象空间的梦幻般的迷茫和诗性的迷离了。水流清澈而丰沛的河两岸，丛林修竹野草茂盛，虎、狼、豹子、山猪、狐狸、獐子、野兔和鹿自由其间，天空是各类鸟的领空，河里是鱼蟹的领地，半坡先民生活在这样的自由王国里，那位统领着他们的伟大女性当是怎样的姿容。下河捕鱼上原狩猎，每有重要捕获，该是怎样一种狂欢和喜悦。他们围着火塘烧烤新鲜兽肉的香气儿肯定弥漫到整个村庄，男女老少会是怎样一种欢乐融融。

我总是想着永远也不得谜解的谜。是哪个男性或女性在野草丛中发现了可以作为吃食的野生谷物，又如何把它引种成功，又是如何发现了将粟煮为熟食的秘窍？神农氏就诞生在这样的村落里，这个氏族的子孙至今依然顶礼膜拜。是哪一位伟大的天才创造出第一件陶器，使人类的生存状态进入一个空前文明的阶段。那个不知名的绘出"人面鱼纹"图画的人，当是人类最早涌现的天才美术大师，其构图里展示的丰富的想象，令今天的现代派艺术家们也叹为观止，亦令今天的现代人仅仅只能做出猜想式的种种判断，诸如氏族图腾生殖崇拜等，比哥德巴赫猜想还要费解。那只埙或曰陶哨，无疑是人类创造的第一件乐器，捏成这乐器的那位先民，当是人类第一位音乐天才演奏大师，人类从此有了愉悦自己的音乐和乐器。六千年后的当今，中国演奏家用这种陶哨吹出的曲子，不仅令中国人倾倒，连听惯了洋乐洋曲乃至疯狂摇滚的美国人也发出了欢呼。可以想到，从半坡人手里创造的陶哨和由半坡人心灵世界流淌出的音符和六千年后的中国人和美国人完成了交融和沟通，几乎没有时空的阻隔和民族习性的障碍，我更感动音乐的无形的伟力，更感佩制造陶哨和吹出第一声乐器的半坡村诞生的那位音乐天才。他肯定不会想到捏成的陶哨会产生如今人评说的价值和意义。他大概只是对音响尤为敏感的一个普通村民和大酋，照样打猎、照样种谷或者制陶，他独有的一根敏感音符的神经促使他创作陶哨。在他原有的意识里，也许只是一种兴趣、一种试验、一种新奇促使着的好玩的行为。然而，却成就了人类第一件乐器的诞生。

面对那个装殓幼童的瓮棺盖上的圆孔，每一次我都抑止不住心的悸颤。这个装着幼童的瓮棺没有进入成年人的墓葬区，而是埋在住宅区的房屋旁边。据考证说是幼童需要得到母亲的继续守护，或者说纯粹是母亲割舍不开对幼童小生命的骨肉情感，显然是现代人依着常情常理的一种推想。唯有那棺盖上专意留下的小圆眼，令人更多了推测和猜想，据说是给幼童的灵魂留下的出入的途径。我愿意相信这种判断，在于这个圆孔打开了阳世与阴界的隔障，给一个幼稚的灵魂自由出入自由飞翔的途径，可见半坡人的温情。人类后来文明愈发展，反倒是对人鬼两界禁锢愈厉害，无论皇帝的豪华墓里的石棺，抑或平民的木板棺材，都是唯恐禁闭不严而通风透气的。

河边上的半坡人，距离灞河边上的蓝田猿人不过五十多公里的路程，却走了整整一百一十五万年，我简直不敢想象人类进化史这个漫长的时间概念。在半坡遗址的村落上漫步，我就感觉到很近很近了。在我的家屋不到二里远的华胥镇上，今年农历二月二日举行过华胥氏的祭祀仪式。华胥氏踩踏巨人足印而受孕，生伏羲和女娲。女娲抟土造人，炼石补天。华胥氏和她的女儿女娲，是我们的始祖。这在史籍记载里，也仍然是神话传说。华胥氏家所在的华胥镇，距半坡遗址不过十公里。华胥氏和她的女儿女蜗，当是在无以数计的类似半坡村落里的女性首领的基础上，后人创造的神话。

那是一个最适宜用神话表述的时期。我的家乡有活生生的半坡人遗存，又张扬着一个民族诞生的神话，这是浐河、灞河。

/永远的骡马市/

头一回听到骡马市，竟然很惊讶。原因很直白，城里怎么会有以骡马命名的地方呢？问父亲，父亲说不清，只说人家就都那么叫着。问村里大人，进过骡马市或没去过骡马市的人也都说不清渊源，更说不明白，也如父亲一样回答，自古就这么叫着，甚至责怪我多问了不该问的事。

我便记住了骡马市。这肯定是我在尚未进入西安之前，记住了的第一条街道的名字。作为古城西安的象征性标志性建筑钟楼和鼓楼，我听大人们神秘地描述过多少次，依然是无法实现具体想象的事，还有许多街巷的名字，听过多遍也不见记住，唯独这个骡马市，听一回就记住了。如果谁要考问我幼年关于西安的知识，除了钟鼓楼，就是骡马市了。这个道理很简单，生在西安郊区的我，只看见各种树木和野草，各种庄稼的禾苗也辨认无误，还有一座挨着一座破旧的厦屋，一院连一院的土坯围墙，怎么想象钟楼和鼓楼的雄伟奇观呢？晴天铺满黄土，雨天满路泥泞，如何想象西安大街小巷的繁华以及那些稀奇古怪乃至拗口聱牙的名字呢，只有骡子和马，让我不需费力不需想象就能有一个十分具体的活物。我在惊讶城市怎么会有以骡马命名的街区的同时，首先感到的是这座神秘城市与我的生存形态的亲近感，骡子和马，便一遍成记。我第一次走进西安也走进了骡马市，那是上世纪50年代中期，我进城念初中的事。骡马市离钟楼不远，父亲领我观看了令人目眩的钟楼之后就走进了骡马市。一街两边都是小铺小店小饭馆，卖什么杂货都已无记，也不大在意。只记得在乡下人口边说得最多的戏园子"三意社"那门楼。父亲是个戏迷，在那儿徘徊良久，还看了看午场演出的戏牌，终于舍不得掏两毛钱的站票钱，引我坐在旁边一家卖大碗茶的地摊前，花四分钱买了两大碗沙果叶茶水，吃了自家带的馍，走时还继续给我兴致勃勃地说着大名角苏育民，怎样脱光上衣在倒钉着钉子的木板上翻身打滚，吓得我毛骨悚然。

　　还有关于骡马市的一次记忆，说来有点惊心动魄。史称"三年困难时期"之后的第一年，即1963年冬天，我已是乡村小学教师，期考完毕，工会犒赏教师，到西安做一天一夜旅行。先天后晌坐公交车进城，在骡马市"三意社"看一场秦腔，仍然是最便宜的站票。夜住骡马市口西安最豪华的民用西北旅社,洗一次澡,第二天参观两个景点,吃一碗羊肉泡馍,大家就充分感受了作为人民教师的光荣和享受了。唯一令我不愉快乃至惊心动魄的记忆发生在次日早晨。走出西北旅社走到骡马市口,有一个人推着人力车载着用棉布包裹保温的大号铁锅,叫卖甑糕。数九天的清早,街上只有零星来往的人走动。我已经闻到那铁锅弥漫到空气里的甑糕的香气儿,那是被激活了的久违的极其美好的味觉记忆。我的腿就停住了,几乎同时就下定决心,吃甑糕,哪怕日后挨一顿饿也在所不惜。我交了钱也交了粮票。主人用一把精巧灿亮的小切刀——切甑糕的专用刀——很熟练地动作起来,小切刀在他手里像是舞蹈动作,一刀从锅边切下一片,一刀从锅心削下一片,一刀切下来糯米,又一刀刮来紫色的枣泥,全都叠加堆积在一张花斑的苇叶上。一手交给我的同时,另一只手送上来筷子。我刚刚把包着甑糕的苇叶接到手中,尚未动筷子,满嘴里都渗出口水来。正当此时,"啪"的一声,我尚弄不清发生了什么,苇叶上的甑糕一扫而光,眼见一个半大孩子双手掬着甑糕窜逃而去。我吓得腿都软了,才想到刚才那一瞬间所发生的迅捷动作,一只手从苇叶刮过去,另一只手就接住了刮下来的甑糕。动作之熟练之准确之干净利索,非久练不能做到。我把刚接到手的筷子还给主人,把那张苇叶也交给他回收,谢绝了卖主要我再买一份的好意,离开了。卖主毫不惊奇,大约早已司空见惯。关于"三年困难"的诸多至今依然不泯的生活记忆事项里,吃甑糕的这一幕尤为鲜活。在骡马市街口。

朋友李建宁把一册装潢精美的《骡马市商业步行街图像》给我打开,看着主街次街内街外街回廊街漂亮的景观,一座座具有中国传统建筑风韵的现代商业建筑,令我耳目一新,心旷神怡,心向往之。勾起对骡马市的点滴记忆属人之常情,也自然免不了世事变迁生活演进文明进步等阅历性的感动和感慨了。

西安在变。其速度和规模虽然比不得沿海经济大市,然而西安确实在变化,愈变愈美。一条大街一街小巷,老城区与新开发区,老建筑物的修复和新建筑群的崛起,一行花树一块草皮一种新颖的街灯,都使这座和这个民族古老文明血脉相承的城市逐渐呈现出独有的风姿。作为这个城市终生的市民,我难得排除地域性的亲近感和对它变化的欣然。骡马市几乎是脱胎换骨的变化,是古老西安从汉唐承继下来的无数街区坊巷变化的一个缩影,自然无须赘述。我最感动的是这个名字,从明朝形成延续到清家,都在红火繁荣着以骡马交易的特殊街坊,把农业文明时代的城市和乡村的脐带式关系，以一个骡马市融汇贯通了。什么叫封建文明封建经济形态？古长安城有个骡马市。

无论西安日后会靓丽到何种状态，无论这个骡马市靓丽到何种形态，只要保存这个名字，就保存了一种历史的意蕴，一种历史演进过程中独有的风情和韵味，而没有谁会较真，真要牵出一头骡子或一匹马来。

哦！骡马市。永远的骡马市。

家之脉

女儿和女婿在墙壁上贴着几张识字图画,不满三岁的小外孙按图索文,给我表演:白菜、茄子、汽车、火车、解放军、农民……

1950年春节过后的一天晚上,在那盏祖传的清油灯下,父亲把一支毛笔和一沓黄色仿纸交到我手里:你明日早起去上学。我拔掉竹筒笔帽儿,是一撮黑里透黄的动物毛做成的笔头。父亲又说:你跟你哥合用一只砚台。

我的三个孩子的上学日,是我们家的庆典日。在我看来,孩子走进学校的第一步,认识的第一个字,用铅笔写成的汉字第一画,才是孩子生命中光明的开启。他们从这一刻开始告别黑暗,走向智慧人类的途程。

我们家木楼上有一只破旧的大木箱,乱扔着一堆书。我看着那些发黄的纸页和一行行栗子大的字问父亲,是你读过的书吗?父亲说是他读过的,随之加重语气解释说,那是你爷爷用毛笔抄写的。我大为惊讶,原以为是石印的,毛笔字怎么会写到和我的课本上的字一样规矩呢?父亲说,你爷爷是先生,当先生先得写好字,字是人的门脸。在我之前已谢世的爷爷会写一手好字,我最初的崇拜产生了。

父亲的毛笔字显然比不得爷爷,然而父亲会写字。大年三十的后响,村人夹着一卷红纸走进院来,父亲磨墨、裁纸,为乡亲写好一副副新春对联,摊在明厅里的地上晾干。我瞅着那些大字不识一个的村人围观父亲舞笔弄墨的情景,隐隐看到了一种难以言说的自豪。

多年以后,我从城市躲回祖居的老屋,在准备和写作《白鹿原》的六年时间里,每到春节的前一天后响,为村人继续写迎春对联。每当造房上大梁或办婚丧大事,村人就来找我写对联。这当儿我就想起父亲写春联的情景,也想到爷爷手抄给父亲的那一厚册课本。

我的儿女都读过大学,学历比我高了,更比我的父亲和爷爷高了——他们都没有任何文凭,我仅只有高中毕业。然而儿女唯一不及父辈和爷辈的便是写字,他们一律提不起毛笔来。村人们再不会夹着红纸走进我家屋院了。

礼拜五晚上一场大雪，足足下了一尺厚。第二天上课心里都在发慌，怎么回家去背馍呢？五十余里路程，步行，我十三岁。最后一节课上完，我走出教室门时就愣住了，父亲披一身一头的雪迎着我走过来，肩头扛着一口袋馍馍，笑吟吟地说，我给你把干粮送来了，这个星期你不要回家了，你走不动，雪太厚了……

二女儿因为误读俄语，补习只好赶到高陵县一所开设俄语班的中学去。每到周日下午，我用自行车带着女儿走七八里土路赶到汽车站，一同乘公共汽车到西安东郊的纺织城，再换乘通高陵县的公共汽车，看着女儿坐好位子随车而去，我再原路返回蒋村——正在写作《白鹿原》书稿的祖屋。我没有劳累的感觉，反而感觉到了时代的进步和生活的幸福，比我父亲冒雪步行五十里为我送干粮方便得多了。

我不止一次劝告女儿和女婿，别太着急了，孩子三岁还不到，你教他认什么字嘛！他现在就应该吃饭、玩耍甚至捣蛋，才符合天性。女儿和女婿便说现在人对孩子智商如何如何开发，及至胎儿。我便把我赌上去：你爸爸八岁才上学识字，现在不光写小说当作家，写毛笔字偶尔还赚点润笔费哩！

父亲是一位地道的农民，比村子里的农民多了会写字会打算盘的本事,在下雨天不能下地劳作的空闲里,躺在祖屋的炕上读古典小说和秦腔戏本。他注重孩子念书学文化,他卖粮卖树卖柴,供我和哥哥读中学,至今依然在家乡传为佳话。

我供三个孩子上学的过程虽然也颇不轻松,然而比父亲当年的艰难却相去甚远。从私塾先生爷爷到我的孙儿这五代人中,父亲是最艰难的。他已经没有了私塾先生爷爷的地位和经济,而且作为一个农民也失去了对土地和牲畜的创造权利,而且心强气盛地要拼死供两个儿子读书。他的耐劳他的勤俭他的耿直和左邻右舍的村人并无多大差别,他的文化意识才是我们家里最可称道的东西,却绝非书香门第之类。

这才是我们家几代人传承不断的脉。

/生命之雨/

一个年过五十的人，某天傍晚突然警悟，他的生命中最敏感的竟然是雨。秋日。傍晚。

细雨如丝如缕如烟，无穷无尽的前方和已经穷尽的身后都是这种雨丝，飘飘洒洒却无声无息。他沿着家乡的河水在沙滩上走着。一旦有雨或雪降下，他就有一种迎接雨雪的骚动而必须刻不容缓地走向雨雪迷蒙的田野。他的腋下挟着一把黑色雨伞，除非雨点变得粗疾起来才准备打开。

沙滩上的野苇子的茸毛已经飘落，蒿草的绿色无可挽救地变得灰黑而苍老了。他看见河的远处有人在涉水过河，辨不清过河的是男人还是女人，雨雾把雄性和雌性的外部特征模糊起来了。走过滩柳丛生的一道沙梁，一个看去和他年龄相仿的女人伫立在沙地上，看守着七八只羊。女人的右手攥着一根新鲜的柳枝儿，无疑是用来警示她的羊的武器；她的左腋下挟着一顶金黄色的草帽，而让头发也淋着雨。她的生命中也敏感雨而渴盼细雨的浇灌和滋润么？

女人满脸皱纹，皮肤黢黑而粗糙，骨骼粗硬而显示着棱蹭；她挽着黑色的裤脚，露出小腿如同庄稼汉一样坚硬的筋骨的轮廓。他瞅着她，又瞅着她的羊，瞅过去是七只，倒瞅过来却成了八只；数过了羊又瞅着她。他瞅着数着羊是潜意识的行为，避免死呆呆瞅着她而引起反感。瞅了瞅她又去数羊，这回数过去是八只，再数过来又成了七只。

她却只瞅着她的羊，或者根本就没有瞅羊。她也不瞅他。他想，在她说不清是呆滞或是不屑的眼神里，他不过也是一只羊吧？他便走开了，踏上高踞沙滩的河堤。

母亲说生他的时候正是三伏天。母亲强调说他落地的时辰是三伏天的午时。母亲对他落地后的记忆十分清晰，落地后不过半个时辰全身就潮起了痱子，从头顶到每一根脚趾头，都覆盖着一层密密麻麻的热痱子。只有两片嘴唇例外地侥幸，却暴起包谷粒大的燎泡。母亲说整整一个夏天里，他身上的热痱子一茬尚未完全干壳，新的一茬便迫不及待地又冒了出来，褪掉的干皮每天都可以撕下小半碗。母亲说她在月子里就只是替他从头到脚撕揭干壳了的痱子皮……母亲对已经成年了的他遭遇灾难时便说："你落生的时辰太焦躁了。那天能遇着下雨就好了。"

他后来得知,他与父亲同一个属相:马。这根本不用奇怪,家族中两代人和同代人之中同一属相的现象屡见不鲜完全正常。奇异的是,他和父亲同月同日生,而且时辰都是午时。只是没有人说得清,父亲出生时潮没潮起那么厉害的热痱子,父亲出生时是否侥幸遇到了三伏天的雨。

他便猜疑,在他来到这个世界时便领受到的如煎如煮的酷热焦躁,对父亲来说早已领受过了。从而并不以为什么了不起。

关于他的父亲,他想写篇小文章来悼念那位如草芥一样无声无响度过一生又悄然死去的农民,然而终于没有形成文字。原因在于,那个念头刚一产生,如潮的记忆便把他齐头盖脑淹没了。他喘息着又合上了钢笔。父亲是一本书,不是一篇小文章。

现在,他只能说一句话,在这个世界上,他最熟悉最了解的是他的父亲,而最难理解的也是他的父亲。他深深地懊悔,直到父亲离开这个世界时,才发觉自己从来没有太在意过父亲。起初他剖析造成这种懊悔心理的因素,是他既不可能对父亲寄托稍大点儿的依赖,更不可能发现以至研究他有什么伟大和不平凡之处;后来随着生命体验的不断加深,终于有一天警悟过来，便是从来也没有想到过对父亲的心理设防，是一种绝对的心理安全的天然依赖，反倒不太在意了。

父亲死亡的情景永难忘记。一个自身生长的异物堵死了食道，直到连一滴水也不能通过，那具庞大的躯体日渐一日萎缩成一株干枯的死树……哦！生命中的雨啊！

他一个人坐在家乡的河边，天上洒下旱季里少见的细雨。他刚刚二十岁，开始了永远的没有限期的暑假，从学校走向社会了。他半是豪勇半是惶惑，怀着宏大的文学梦却又怀疑自己是否具备文学的天赋，自信与自卑五十对五十折磨着他，便有了一种孤自散步的欲望，尤其是在雨雾迷茫之中。

这条河不大却闻名于遥远悠久的历史，河有多长，河边的柳林有多长，骚客文人折柳赠别也抛撒离愁恩怨的诗句，成为一代又一代文化人寄托情怀的佳作。他坐在水边，一个琴瑟般的声音不期而至："大哥哥你饿吗？"他转过头就看见了一只小仙鹤，是的，这个大约不过十岁的女孩像河滩草地上偶然降至的仙鹤。他苦笑一下摇摇头。处于整个民族的大饥饿年代，小孩子看世界的眼睛也是饥饿。他笑笑说："我渴。"河堤上传下来一声笑，他看见那儿站着一位干部，这是一家大企业的党的领导干部，据说是一位出身富贾而又背叛了资产阶级的老革命,革命胜利了他已成为企业领导,却依然需要下放乡村锻炼改造……他很忠诚,不仅自己老老实实在农民中间生活,而且还利用暑假把小女儿也领到这炼狱里来改造了。

几十年后,在一次全国性的文学集会上,有一位中年女人向他走来:"你现在是饿还是渴?"

"还是渴。"

"还是渴?"

"是渴……生命之雨。"

她说她后来随父亲到北方一个城市,又转过四五个城市。她现在在一家报纸主持着一个《婚姻与家庭》的专栏。她在年轻男女中名声显赫,几乎家喻户晓,当然是她坦率而又真诚地解答过来自全国各地青年男女关于爱的困惑,并因此而很自信:"你比我写的书多,我比你写的信多;你只是在文学圈子里有名声,而我却在青年人心中是知音。"她的佐证是多年来收到和回复青年人的书信数以万计。她说她读过他的全部作品,当然不是因为作品好不好,亦不是要研究他的创作,主要是因为在他未成名之前她见过他一面,那时她不足十岁。她说:"我至少给青年朋友写过两万多封信,而你的小说最多发行五千册。"

他很尴尬,随之反诘:"我也来请你解答一个过去的问题,有一对年轻夫妇在'文化大革命'中分属对立的两派组织,妻子向自己一派的造反队司令报告了丈夫的行踪,丈夫被抓去打断了一条腿。这位现在走路还颠着跛着的丈夫仍然和那位告密的妻子生活在一起。他向你写过信没有?如果他有一天写信给你要求解释困惑,你怎么回答他?"她张了张口却摇摇头笑了,竟是一副不屑回答的神气。

半年以后,他接到她从千里之外的城市打来的长途电话,说她今天收到一封信,信中所表述的精神痛苦使她陷入深沉的无言以对的心境之中,那人的遭遇与他所说的"文化大革命"夫妇的故事大同小异,关键在于他们的故事一直延续到今天而且还有发展,类似于被打断腿的这个跛子丈夫,居然投靠那个抓他施刑的造反队头儿的门庭挣钱去了。造反队头儿受过几年冷落之后,现在是一位腰里别着大哥大的公司老板了……现在反倒是类似于那个告密的妻子陷入痛苦境地,据说是丈夫现在跟着那个不计前嫌的老板北上南下东闯西骗,出入星级宾馆酒楼歌舞厅,既卡拉 OK,又桑拿浴……她在电话中向他复述了这个故事,情绪很沉静,似乎没有了她写过两万余封回信的那种自信与得意,很真诚地说:"上次你讲的那对'文化大革命'夫妇的故事我没有回答,我觉得那是你们上一代人的故事和困惑；你们上一代人所处的那个时代是一个不正常的时代，用今天正常人的思维是无法理解也无法解释的，因为他和她都是不正常生活里的不正常的人所演绎的不正常故事。现在，当他和她在今天正常的社会里继续演绎不正常的故事时，我竟然第一次感觉到我的肤浅，无法回答那个类似告密妻子的新的苦恼……"他反而宽厚地安慰她说："是的，你不可能解除所有痛苦着的心灵的痛苦，也不可能拯救所有沉沦的灵魂。"她说："我总得给她回信呀！情急之下，我用了你的一句话回复了她，就是'生命之雨'。"

他说："这话太……"

她说："我就想起你的这句话……恰当不恰当都不管了，上帝！"

纤纤细雨依然。依然是如丝如缕如烟，依然是飘飘洒洒无声无响。他已经走到这一段河堤的尽头，河堤朝南拐弯伸展过去，顶头和南岸的山崖接住了；那一段河堤从山崖下开始延伸到雨雾迷茫的无穷无尽的上游。人生其实也类似这河堤，分作一段一段的，这一段到头了，下段又从这儿开始，一直延伸成为一个生命的河流。

河堤拐弯的内堤里，就圈住了好大一片滩地。滩地里有一幢孤零零的土坯房，房子的南墙和西墙上苫着一层长长的稻草,那是防止西风和南边的下山风卷来的骤雨对泥皮土坯的冲刷的,就像一位插秧的农夫身披的蓑衣。房前有一片偌大的打谷场,场角靠近房子的地方有一个黄色的麦秸垛。他猜测这是一个土地承包经营者仓促建筑的房子,从那简陋的建筑判断,主人完全是出于一种临时的考虑,不愿投注更多的钱财给这幢远离村庄的建筑。

一个男人吆着拽犁的牛在翻耕打谷场。打谷场已完成了夏季打麦秋季打谷的用场,现在翻耕以恢复土地的疏松和绵软,然后撒下早熟的青稞或者油菜籽,赶明年收割小麦之前先收获了青稞或油菜,再把这块土地碾轧瓷实作打谷场。男人悠悠地吆着牛扶着犁,没有戴草帽,一任细雨淋着。一个女人站在麦秸垛下撕扯麦草,撕下一把便弯下腰纳入一只大竹条笼里,动作也是悠悠的不急不忙的样子。只是那一件红色的衣衫像一簇火焰在迷茫的河滩上闪耀。

一男一女、一低一高两个小孩在场地上追逐,他们从土屋里奔出来时就是互相追逐着的,大约是男孩抢走了霸占了女孩的吃食或玩具,争执便发生了。女孩追着男孩显然力不从心,在溜滑的打谷场上摔倒了,顺势在场地上打滚而且号啕起来。那女人扔下柴禾笼飞跑过去,在滑溜的打麦场上跑起来闪动着两只胳膊,像是一种舞蹈。她没有扶起倒地打滚的女孩，一直冲到男孩跟前，一巴掌抽过去就把男孩打翻在地了。她随后转身走过来抱起女孩，另一胳膊挎上柴禾笼走进土屋里去了。

他竟然大声喊起来，愚蠢你愚蠢，你是个愚蠢的妈妈!

男人喝住牛插住犁，慢腾腾走过去抱起男孩，也走进那间土屋里去了。

一头在套的牛站在打麦场上甩着尾巴。

土屋房顶的烟囱有灰色的烟冒出来。

他依然站在河堤上。几十年后，那个扯柴禾打男孩抱女孩的愚蠢的女人肯定就变成那个放牧着七八只羊的粗硬的老女人了吧？那个受宠的女孩会不会成长为如那个写过两万多封信的专栏主持人？

那土屋里爆起激烈的吵闹声，浑厚的男声和尖锐的女声。肯定那是关于应不应该打倒男孩的争执。他忽然想到她，如果把这幢远离人群的河滩土屋里的争论提到她的专栏上，她还会用他的"生命之雨"这话来解释给这一对乡野夫妻吗？

三九的雨

这是我村与邻村之间一片不大的空旷的台地。只有一畛地宽的平台南头开始起坡,就是白鹿原北坡根的基础了。平台往北下一道浅浅的坡塄,就是灞河河滩了。我脚下踏着的平台上的这条沙石大路,穿过一个个大大小小的村庄,通往西安。

天明时雨止歇了。天阴沉着,云并不浓厚,淡灰的颜色,估计一时半刻挤拧不出雨水来。空气很清新,湿润润的,山坡上的麦子绿莹莹的,河川里的麦子也是莹莹的绿色。原坡上沟坎里枯干的荒草被雨浇成了褐黑色,却有一种湿润的柔软。河川北岸是骊山的南麓,清晰可辨一株树一道坡一条沟,直至山岭重叠的极处。四野宁静到令人耳朵自生出纤细的音响来。

前日落了雨。小雨。通常是开春三月才有的那种"随风潜入夜,润物细无声"的春雨。腊月初二下起,断断续续稀稀拉拉下到今天天明,让整个村子里的男女惊诧不已,该当滴水成冰冻破砖头的"三九"时月,居然是小雨缠绵。太过反常的天气给农人心里一种不祥的妖孽氛征。这是我半生里仅见的一次"三九"的雨，以及不仅不冻反而松软如酥的土地。

我脚下这条颇为宽绰的沙石大路是1977年冬天动工拓宽的。与这条大路同时开工的是灞河河堤水利工程，由我任副总指挥具体实施的。那时，我完成这项家乡的水利工程的心态，与我后来写作长篇小说《白鹿原》时的心境基本类同，就是尽力做成一件事。

我第一次背着馍口袋从这条路走出村子走进西安的中学时，这条路大约也就一步宽，架子车是无法通行的。我背着一周的干粮走出村子时的心情是雀跃而又高涨的，然而也是完全模糊的。我只是想念书，想上城里的中学去念书，念书干什么等抱负之类的事，完全没有。我再三追寻记忆，充其量只会有当个工人之类的宏愿，而且这主要是父母供儿女上学的原始动机。在乡村人的眼睛里，挣工资吃商品粮的工人是世界上最幸福的人。我在初中二年级却喜欢文学了，这不仅大大出乎父母的意料，连我自己也感到奇怪。通常情况下，爱好文学是被视为浪漫而又富于诗意的事情，怎么会发生在一个穿粗布衣服吃开水泡馍的人身上呢？许多年后我把自己的这种现象归结为一根对文字敏感的神经——文学的兴趣由此而发端。书香门第以及会讲故事会唱歌谣的奶奶们的熏陶，只能对具备文字敏感的神经的儿孙起反应起作用，反之讲了也是白讲，唱了也是白唱。

背着馍口袋出村夹着空口袋回村，在这条小路上走了十二年，我完成了高中学业。我记忆中最深的是十六岁那年遇到过狼。天微明时，我已走出村子五华里的一条深沟的顶头，做伴壮胆的父亲突然叫了一声"狼"！就在身旁不过二十步远的齐摆着谷穗的地边上，有一只狼。稍远一点，还有一只。我没有感觉到丝毫的害怕，尽管是我第一次看见这种吓人的动物；不是我胆大，而是身旁跟着父亲。我第一次感受到父亲的力量和父亲的含义，就是面对两只成年狼的时候，竟然没有产生恐惧。我成了一个父亲的时候，又在这条几经拓宽的乡村公路上接送我的三个念书的孩子。我比父亲优裕的是有了一辆自行车，孩子后来也有了，比当年父亲步行送我要快捷多了。我和孩子再也没有遭遇狼的惊险故事。狼已经成为大家怀念的珍稀宝贝了。

我的一生其实都粘连在这条已经宽敞起来的沙石路上。我在专业创作之前的二十年基层农村工作里，没有离开这条路；我在取得专业创作条件之后的第一个决断，索性重新回到这条路起头的村子——我的老家。我窝在这里的本能的心理需求，就是想认真实现自己少年时代就产生的作家之梦。从1982年冬天得到专业写作的最佳生存状态到1992年春天写完《白鹿原》书，我在祖居的原下的老屋里写作和读书，整整十年。这应该是我最沉静最自在的十年。

我现在又回到原下祖居的老屋了。老屋是一种心理蕴藏。新房子在老房子原来的基础上盖成的，也是一种心理因素吧。这个祖居的屋院只有我一个人住着。父亲和他的两个堂弟共居一院的时代早已终结了。父亲一辈的老人们先后都已离开这个村子，在村庄后面白鹿原北坡的坡地上安息有年了。我住在这个过去三家共有的屋院里，可以想见其宽敞和清爽了。我在读着欧美那些作家的书页里，偶尔竟会显现出爷爷或父亲或叔父的脸孔来，且不止一次。夜深人静我坐在小院里看着月亮从东原移向西原的无边无际的静谧里，耳畔会传来一声两声沉重而又舒坦的呻吟。那是只有像牛马拽犁拉车一样劳作之后歇息下来的人才会发出的生命的呻吟。我在小小年纪的时候就接受着这种生命乐曲的反复熏陶，有父亲的，有叔父的，还有祖父的。他们早已在原坡上化作泥土。他们在深夜熟睡时的呻吟萦绕在这个屋院里，依然在熏陶着我。

这是一个不可思议的冬天。我站在我村和邻村之间的旷野里。

从我第一次走出这个村子到城里念书的时候，父亲和母亲每每送我出家门时的眼神，都给我一个永远不变的警示：怎么出去还怎么回来，不要把龌龊带回村子带回屋院。在我变换种种社会角色的几十年里，每逢周日回家，父亲迎接我的眼睛里仍然是那种神色，根本不在乎我干成了什么事干错了什么事，升了或降了，根本不在乎我比他实际上丰富得多的社会阅历和完全超出他的文化水平。那是作为一个父亲的独具禀赋的眼神，这个古老屋院的主宰者的不可侵扰的眼神，依然朝我警示着，别把龌龊带回这个屋院来。

北京丰台。我从大礼堂走出来。《西安晚报》记者王亚田第一个打来电话。选举刚刚结束，他问我当选中国作家协会副主席后首先想的是什么。我脱口而出：作为一个作家，应该始终把智慧投入写作。

他又问：还有什么呢？

我再答：自然还有责任和义务。

我站在我村与邻村之间空旷的台地上，看"三九"的雨淋湿了的原坡和河川，绿莹莹的麦苗和褐黑色的柔软的荒草，从我身旁匆匆驶过的农用拖拉机和放学回家的娃娃。粘连在这条路上倚靠着原坡的我，获得的是沉静，自然不会在意"三九"的雨有什么祥与不祥的猜疑了。

/漕渠三月三/

从京城来的三位电视记者向我提出,要拍陕西地方戏秦腔演出的盛况,还想拍关中民间农民的文化娱乐方式。我真有点犯难了,据我所知,秦腔作为西北五省尤其是陕西关中地区的名牌大戏种,大约至少有十多年已经退出了西安各家剧院的舞台,包括一些大腕级的名角也都流落到适时而兴的"秦腔茶社"里去被尚有秦腔戏瘾的人点唱,原先几乎每个县都有的秦腔剧团的演员们也都流散了,说来真是令人伤感的。如我一样还喜欢听听秦腔旋律品品秦腔韵味儿的人,要想在西安某家剧院看一场名家大腕的演出,还是很难觅到机会的。至于民间的文化活动,他们三位来得也不是时候,清明都过了,民间文化娱乐集中展示的春节的气氛,早已冷却了,农民们已经从春节的欢乐和慵怡中清醒过来,进入田野进入果园开始新的一年的劳作了。然而三位远道而来的记者仍不死心,让我再想想办法,再三申述作为这个专题片的地方文化氛围和土壤是不可或缺的。

真是天无绝人之路。区文化馆一位搞摄影的朋友不经意间告诉我,渭河岸边的漕渠村农历三月三日适逢古庙会,有秦腔剧团的演出,有当地青年男女的秧歌表演,有临近几个村庄的锣鼓队凑兴。遗憾的是高跷被取消了,据说出于安全的考虑,怕人群过于拥挤而摔伤了表演的人。三位北京来的年轻记者闻讯竟欢呼起来,真是应了"起得早不如赶得巧"的俗话。这样一来,关于秦腔演出和地方文化娱乐特色的东西便全部都可以得手了。

三月三日一早,我便陪三位年轻人上路了。我所存活的白鹿原下的灞河川道,其实只是渭河平原的边缘地带,南岸是古原的北坡,北岸是骊山南麓纵横起伏的丘陵或者说山岭,中间蜿蜒着以柳色愉悦缠绵过古代离人的灞河。车行不过十余公里,便驶出虽然原青岭秀却也显得狭窄的河川,进入坦荡如砥气势恢宏的渭河平原了。那情景如同从一个细杆喇叭里钻出来,进入一个四野再无遮拦的令人舒展也令人惊悚的开阔境地。这是我跟着班主任到灞桥赶考初中第一次走出灞河河川时发生的感受。这种纯粹由地理地形造成的心理感受,一直延续到今天重复到现在,每一次走出家乡渭河川道时都像钻出喇叭细杆儿,每一次回乡也就有从敞开的喇叭口里钻进细杆的感觉。我喜欢走出那个细杆儿似的河岸享受无边原野的气度和舒展,也更喜欢重新进入那个狭窄的灞河河川感受南原北岭动态的生动和变幻莫测的气象,甚至包括那一份狭窄造成的拘束:钻进来拘束一段时日,钻出去舒展畅放一回,我的心理秩序和心理感受便处于某种动态的颠簸里,自我感觉真是好极了。

无边无际的麦子刚刚努出穗儿来。满眼都是饱满丰腴的青春的绿色,成熟的含羞带娇的女子就是这种气韵。笼罩着村庄的泡桐织成一片又一片淡紫粉红的花云。天虽然阴沉着,依然罩不住大地青春的气象。

我要到漕渠村去赶三月三日的庙会了,我的心里竟然激动起来了。我已经有许多年没有进入这种关中农民狂欢的庙会场合了。我在少小时候接受过狂欢的场景留下难以磨灭的记忆。现在的乡村庙会与我过去逛过的庙会的气氛会有什么变化吗?淡了还是浓了?三位京城来的年轻文化人,至少怀着一种猎奇的兴奋,在我则是对一种古老仪式的温习和膜拜。大约还有一公里的路程,我听到了一声火铳的震响,像是远天云层里奔突的沉闷而又撼人肺腑的雷声。火铳是一种最具声威最具张力的爆响器,它蕴聚鞭炮家族炸响时的热烈之外,便是深沉如地出的震撼:这应该是民间庆典或狂欢场合里最具煽动性的响器了。即使极阴郁寡淡的人,也会在火铳的爆响里昂起头来。

庙会是漕渠村的庙会。

漕渠村在一道浅坡下。漕渠村是个大村子,自古就是一个大村子。村里有一座古庙,供奉着佛家的一位神灵,何年建庙何年立神已经无考,所有关于庙堂的文字典籍,以及庙堂内栩栩如生的神像,精美的壁画和梁栋上的彩绘,都被后来屡屡发生的一次火过一次的"革命行动"扫荡净尽了,后来连三月三日的古庙会日也被禁止多年了。古庙能够存留下来是一个奇迹,说穿了却属无意,仅仅是贫穷的生产队需要用它做库房而没有被摧毁。有形的东西破坏或消灭十分容易,只有无形的传说却能依赖当地人的嘴巴传递下来。可以推断的是,三月三日的庙会是建庙之初就择定了的,庙会的历史也就是古庙的历史,同样是悠久古远得不能再古远悠久了。还可以推断的是,建庙立神的最基本的也是最原始的用意,便是崇拜,或者说是寻求和平安宁所需要的一个祈祷偶像。于是,在渭河南岸广阔的沃野和星罗棋布的大小村庄之中,便形成了以这个古庙为中心的朝拜圣地,三月三日便成为十里百村乡民寄托祈愿和狂欢的盛日。

漕渠村村庄的历史肯定比古庙的历史更为久远，这是常识而毋庸置疑的。一个漕字已注释了这个村子令人敬畏的历史。西汉王朝设都长安，为解决急骤繁荣急骤膨胀的城市吃粮问题，开凿了黄河、灞河、渭河连通长安城的一条可以浮船运粮的运河。关中人却称它为渠，可见当地人的自大和狂妄了。为了逛好漕渠村的古庙会，我专门查阅了《辞海》。漕渠词条下准确无虞地注释着这样的内容——

汉唐时自长安（今西安市）东至黄河的运渠。创始于西汉元光六年（前129年），在大司农郑当时主持下，发卒数万人，由水工徐伯督率开凿。渠傍南山（秦岭）下，长三百余里，三年而成，漕运大便，渠下民田亦颇得灌溉之利。初以灞水为源，其后凿昆明池，又穿昆明渠使东绝灞水合于漕渠。东汉时尚可通航。北魏时已无水。隋开皇初改自长安西北引渭水为源，浚复旧渠通运，定名广通渠，但习俗仍称漕渠。唐时通时塞。天宝初陕郡太守韦坚、太和初成阳令韩辽两度修复，壅渭水作兴成堰，傍渭东注至永丰仓（即隋开皇中广通仓，仁寿末改名）下合渭入河，规制略如隋旧。末年迁都洛阳，渠遂埋废。

哦哟！这个漕渠村的历史至少可以前推到公元前129年西汉元光年间。甚至可以设想元光年间开凿漕渠之前这个村子就存在不知多少年了。现在仍保存着这个村庄的子孙们用嘴传留下来的当年的盛况,西汉初年漕渠开凿始成,除了为长安城运输粮食,包括渠下村民农田的灌溉,更有各种商船通过漕渠进出长安,漕渠村当时已形成一个周转码头,南北商贾,车船互转,客店饭馆买卖铺店,成一时之盛,漕渠村成为渭河南北广大地区的一大商埠。而古庙肯定在几百年后才形成心灵祈祷的圣地的,有佛教进入中国的时间限定出来一个大致的历史轮廓。

我在即将进入漕渠村的时候,感到了这个村庄古远的历史对人的威压。如果不是《辞海》做证和指点迷津,纵然在这个村子的古庙会逛过十回,我也只会以为不过是一个普普通通的庙会而已,关中乡村类似的古庙会多不胜数。从《辞海》的词条里可以看出,漕渠的开凿便形成漕渠村水陆码头的繁荣,而败毁于王朝灭亡之后的乱世;漕渠的再度浚通和漕渠村的重新繁华,又是隋和盛唐的时代,堙废的结局正好是大唐王朝的没落。这条漕渠的兴衰简史,正好注释了从西汉至唐的中国历史的起落,自然可以想见如漕渠村的乡民的饥饱寒暖了。哦!我的关中,我的渭河平原,单是保存有两千多年的漕渠村这个村名,就够我咀嚼不尽了。我家门前的渭水,曾经是漕渠初开时的水源,我在敬畏的同时，顿然又有了一种沟通历史沟通地域的亲近感。

漕渠村倚靠着的南面的那道浅坡，亦因漕渠而得名为漕渠坡，一道虽然低浅却声名远播的坡。狭义的漕渠村单指这个自然村，而泛义的漕渠村则指漕渠坡下的大围墙村、小围墙村、宋家村、陈家村、王家堡、米家堡、田鲍堡、陶家村、万盛堡、宋家滩等十多个大小村堡，散落在渭河南岸的平原上，绵延十余华里，通称"十里漕渠"。站在漕渠坡头远眺起来，以稠密的村树和村树的绿叶笼罩下的房脊和屋墙组成的村庄，依次渐远，或大或小，坐落在绿色苍郁的麦田之中。我忽然想起，前年曾在临近入渭的灞河河道里，掏沙取石的农民挖出来一条大船的遗骸，距离漕渠村不过十余华里，又是怎样令人顿生想象的一条谜一样的古船啊！

一位做豆腐买卖的中年农民笑嘻嘻地告诉我："下了漕渠坡，尽是豆腐锅。"这儿盛产豆腐。漕渠坡下的豆腐远近闻名。据说这儿做成的豆腐烧了烩了不仅不烂，而且鲜嫩异香，做成臊子，浇到面条里，豆腐漂浮在上而不沉底。更具商家利益的是，同样十公斤黄豆在别处通常只能做出二十公斤豆腐，在漕渠村却能产出三十公斤，甚至三十五公斤。这个额外的利润，对于那些常年经营豆腐生意的豆腐客（主户）来说，是

"天赐良水"令其窃自得意的幸事。除去公社化时代的极"左"政策施虐造成的萧条不计,漕渠坡下无以数计的豆腐作坊自古至今生意兴隆,现在更是许多农户赖以挣钱过日子的把稳的门路。豆腐客戏言:汉家爷江山败了,唐家爷江山也败了,爷们感念修漕渠占了农人的田地,再没啥可补偿了,就赐给咱漕渠人一井好水,让咱做豆腐过日子……爷们还是有良心的。云云。

我顿然失笑了。顿然从悠远的极富想象的漕渠村的历史烟云里清醒过来。顿然抖落了不无酸渍气味的幽思。顿然轻松地接受了这恩赐给豆腐客们的一眼好井……

农历三月三日逢着庙会的漕渠村,展示着一个纯粹属于农民的世界。

漕渠村的正街和各条小巷,现在都拥挤着农民。南北走向的公路与通往漕渠村的大路正好构成一个"丁"字,从公路的南面和北面,骑车的步行的男人女人源源不断涌入漕渠村。绝大多数尤其是中年以上的农民,几乎没有任何修饰,与拥挤着的同类在街巷里拥挤:在这里,没有谁会在乎衣服上的泥巴和皱褶,没有谁会讥笑一个中老年人脸上的皱纹、蓬乱的头发和荒芜的胡须。女人们总是要讲究一些的,中老年女人大都换上了一身说不上时髦却干净熨帖的衣裤。偶尔可见描了眉涂了唇甚至在黑发上染出几绺黄发的女孩子，尽管努力模仿城市新潮女孩的妆饰打扮，结果仍然让人觉得还是乡村女孩。无论男人或女人，无论年龄长者或年轻后生，无论修饰打扮过或不修边幅的，他们都很兴奋，又都很从容自信，在属于他们的这个世界里，丝毫也看不到他们进入城市在霓虹灯下在红地毯上在笔挺的西装革履面前的拘束和窘迫。他们如鱼得水，他们坦荡自在。他们构成他们自己的世界。

我在这条长长的街道里和支支岔岔的小巷里随着拥挤的人流漫步。我的整个身心都在感受着这种场合里曾经十分熟悉而毕竟有点陌生了的气氛。这种由纯粹的农民汇聚起来的庞大的人群所产生出来的无形的气氛和气场，我可以联想到波澜不兴却在涌动着的大海。我自然联想到我的父辈和爷辈就是构成这个世界的一员或一族。我向来不羞于我来自这个世界属于这个世界壮大于这个世界，说透了就是吮吸着这个世界的气氛感应着这个世界的气场生长的一族。我现在混杂在他们之中，和他们一起在漕渠村的大街小巷里拥挤，尽管我的穿着比他们中的同龄人稍微齐整一点，这个气场对我的浸淫和我本能似的融入，引发了我心里深深的激动。这一刻，我便不由自主地自我把脉，我其实还是最容易在这个世界的气场里引发心灵悸颤的。

村街两边摆着小饭摊、农具、种子、铁器、服装、搪瓷和塑料厨具餐具，以及不可或缺的老鼠药，举凡农民生产生活所能需用的一切东西，现在都摆置在村街两边供农民选购。最令我动心的是那些传统小吃摊子，仍然保存着在我少不更事时见到过的那种老担子，几乎原样未改地摆在这里或那里。摊主抓起一把紫红色的，在案板上反复弹着，抛进敞口浅底的花边瓷碗里，用小勺挖盐用木勺撩醋用小木板挑辣椒的动作像是一种舞蹈。我小时候跟随大人去庙会的最重要的目的，就是坐在矮条凳上接过摊主送过来的那一碗。更奢侈一点儿，还会有邻近摊位的油锅上递过来一个油饼或油糕，久久盼望赶庙会的全部目的就在这时实现了。现在，饹摊子和油锅前，男人和女人随意地在小条凳上坐下去，包括他们牵引着的男孩和女孩，接过油饼油糕，吃罢了抹了嘴就又掺和到人流里去了。我的根深蒂固的关于吃的记忆就是这种形式。我后来在一些饭店的豪华餐桌上也吃到这种被学者研究出可以防癌可以降血压的所谓绿色食品，却总是尝不出庙会上摊子主人舞蹈似的动作之后的那种香味，更不必说那高得吓人的价码了。我敢说，坐在这个摊子前品尝的男人或女人,如果他们知道自己掏六七毛钱就可以享到的口福,城里人在大饭店却要花几乎一斗麦子的钱才能吃到一碗,准会嘲笑发了财的城里人傻得不会花钱了。

秧歌队扭过来了。这是经过费心操练的一支颇为壮观的秧歌队伍。纯一色的农家姑娘农家媳妇,还有一些堪称大娘辈儿的农家女人,一律的红绸衫绿绸裤,一律的粉红色剪花别在右耳上方的黑发里,手里舞着一律的大红绸扇子,一律的弓前殿后左扭右摆的舞步,一律的优雅,从村子中间的大街里自西向东扭过来。她们可能刚刚放下锄头或给猪呀鸡呀添过食料,换上这一身艳丽的服装就结队扭起来了。她们的公婆她们的丈夫(或未婚夫)她们的孩子,此刻就拥挤在街巷两边的人群里看她们舞蹈。她们同样具有强烈地展示自己表现自己的欲望。她们或欢欣或自信或妖媚或沉稳或娇羞的眉眼里,都透见出这种展示自己风姿的欲望。

秦腔戏的戏台搭在村庄背后的一片空地上。我是循着乐队的响声拐进小巷寻到这里的。一个用木头搭建的戏台,横额上标明长安县剧团。我一眼便可看出来,台上正在演唱着的是《铡美案》中的《杀庙》一场。这是这部堪称秦腔经典剧目中最为惊心动魄的一幕。从戏剧艺术上来看也应是最为精彩的一章。一个被主子差遣来杀人的差官韩琦,一个怀着满腹委屈的乡村女人和她的一对儿女,两个人的冲突两个人的命运在一座小小的庙堂里展示得淋漓尽致、波澜起伏,堪称戏剧创作上的绝妙一笔。我曾经无数次地看过这部戏剧,尤其喜欢这精彩绝伦的一折。我在小小年纪初看这部戏时,大约也就只看懂了这部戏的这一折,仅只是剧情而言。从剧情的发展和剧中多个人物的命运的转化来看,《杀庙》这一折正好是这部戏的关捩。我早已从这部戏的情感里跳了出来,而进入一种艺术创造和艺术表演的欣赏了。

台下几乎是纯一色的中老年农民。台前的人坐在自带的小凳上,两边和后边的人站立着,几乎全都是上了年岁的人。清脆的梆子声紧密的扁鼓声从响亮的板胡缠绵的二胡声中跳蹦而出,敲击着在台下看戏的农民的耳膜和胸膛。他们自小就接受这种乐曲曲调的敲击。他们乐于接受这种时而强烈时而委婉时而铿锵时而绵软的旋律的抚慰。他们并不太在乎是否完全听明白了那些唱词。我也习惯于接受这种旋律的敲击和抚慰。我也不太在乎是否完全听清楚了那些唱词。主要的是这种旋律的敲击和抚慰。

下雨了。一把一把五颜六色的伞撑开来,在短暂的一阵骚动后,很快又平静下来。我此刻才发现与我同行的三位北京来的记者正跳上戏台的左角，支起录像机的三脚架，随之就把镜头对准了正处在杀人与自杀两难中的韩琦，又把镜头调整过来对着台下的农民观众。

我在来戏场的路上看到了两顶就地搭起的巨大的帆布帐篷，离地大约一尺透着空档。有小孩子趴在地上往里边窥视。我问一位男孩看见了什么。男孩嘻嘻笑着说，光腿。从那个全封闭的神秘的帐篷里传出震人的音乐，偶尔发出一两声女子的尖叫。帐篷开口处坐着一位男青年用电喇叭做着广告，招徕诱惑围观的男女进去观赏，语言像是刀刃上的游鱼。不时有人花一块钱买票入场，几乎是纯一色的男青年。一位站在门外的小伙子和一位刚刚走出帐篷的小伙子搭话：

"里头弄啥哩？"

"跳舞哩。"

"跳啥舞哩？"

"扭尻子舞。"

"穿没穿衣裳？"

"穿着哩。"

"穿的啥衣裳？"

"不好说。"

"这有啥不好说的？"

"你进去看看就知道了。"

"我不知值不值得花一块钱?"

搞不清这些就地支帐票价一元的演出团队来自哪里,只是可以肯定绝不是渭河岸边的人。谁家的女子要是在那神秘的帐篷里跳光腿舞,可能不需半天就臭名远扬难寻婆家了,谁家的老少都要被指指戳戳闲言碎语了。这些演出团体游牧一样流动在乡村里的集镇上,逢着某村的庙会更是赚钱的最好时机。他们和古老的秦腔对台。他们在乡村里传播什么冲击什么,他们一般是不会从"意义"上考虑的,只是更多地争取那一元钱的门票所包含的利益。愿意花一元钱进帐篷去的乡村青年,自然是为了看看扭尻子舞蹈以及除他们的媳妇之外的女人的光腿。应该说与城市里富丽堂皇超级豪华的歌舞厅里的看客们的原始目的并无二致,只是演出的水准和票价相差太远了。

现在该去听锣鼓了。锣鼓队在村委会门口摆开着架势。这是一支远路而来的锣鼓队,按照习俗的说法是前来送香火的。送香火的锣鼓队的多少,成为某个庙会盛大景况的重要标志。龙旗前导,锣鼓敲打,响炮放铳,最具声望的老者端着装满紫香黄裱的木盘,浩浩荡荡又肃穆端恭地一路走去,把香火送进庙门,跪拜，点蜡，上香，焚烧黄裱，再叩头。庙门外的广场上，常常摆开十余家从各个村子赶来送香火的锣鼓队，对着敲，看看谁家能把逛会的人吸引过去得最多，自然是优胜的标志了。这是解放前后的盛景，我留下这样的印记是无法淡漠的。现在的漕渠村庙会上，只有两家锣鼓队。我觉得悦耳好听的这一家占据着村委会门前绝好的地盘。一位两腮凹进牙槽的精瘦老头握着鼓糙儿，眼睛上扣着一副茶色石头镜子，这是我印象中最深刻的那种既富于灵性而又有点倔强执拗的老头形象了。他不看任何人，也用不着看鼓面儿，微微偏着头发稀疏亮着红光的脑袋，两手两把溜光的木质鼓槌儿，在米黄色的牛皮鼓面儿上敲出风摆乱花一样的鼓点儿。鼓是锣鼓队的指挥和灵魂：铜钹和大小铜锣在鼓点儿的指挥下变换着交响着，一个好的鼓手常常成为一方地域里受人钦敬的名人。

这样的锣鼓队现在被命名为"长安锣鼓"。流行在秦岭北边渭河平原的锣鼓曲谱源自唐代，被现在的一些搞民间文化的音乐工作者发掘整理出来，颇多抢救国宝的意味。在我的印象里，整个关中稍微像样的村庄都有一支锣鼓队，诸如我的生地蒋村解放时不过30余户的小村子，同样有一套锣鼓响器，这是整个村子在合作化以前唯一的公有财产，靠一家一户捐赠的粮食置备起来的。每到逢年过节，村里的锣鼓队就造起声势来，把整个村庄都震动起来颠簸起来，热烈的锣鼓声灌进每一座或堂皇或破旧的屋院，把一年的劳累和忧愁都抖落到气势磅礴震天撼地热烈欢快的锣鼓声中了。可以肯定的是，乡村锣鼓这种民间音乐，是我平生里接受的第一支旋律。岂止是我，在那个时代生活过的乡村人，出生后焐在火炕被窝里的第一个春节到来时，就被这种强烈震撼的锣鼓声震得在被窝里哭叫起来，锣鼓的敲击声响从此就注入血液。

现在在漕渠村村委会门前演出的这支锣鼓队，是一支真正的民间锣鼓队，除那位显示着执拗自信的鼓手老头儿，还有四五个抓着脸盆一样大小的铜钹（当地俗称家伙），五六个左手手指上挂着碗口大的铜锣右手执着短粗锣槌儿的青壮年农民。令我遗憾的是，这支精当的锣鼓队里缺少至少两三个敲那种比蛋糕稍大一点铜锣的角色。缺少小铜锣而突出了大铜锣，显然是一支以瓷硬为风格的锣鼓队，而那种以大小铜锣为主体的锣鼓队的风格被称为"酥"。酥在演出风格上的突出特点是细淑婉转。然而这个缺少了小铜锣作点缀作调节的锣鼓队，敲出一曲又一曲传统的也许真是自唐代流传下来的锣鼓曲调。这样原始的曲调在我尚在识字之前就听过许多回了，时而如瀑布自天覆倾而下,时而如清溪般流淌;时而如密不透矢的暴风骤雨,时而如疏林秀风;时而如洪流激浪一泻千里,时而如蜻蜓点水微风拂柳。在这样急骤转换的奏鸣里,我的心时而被颠得狂跳,时而又被抚慰,锣鼓的声浪像一只魔女妖精的手,把人撩拨得神魂激荡而又迷离沉醉。我又一次验证了自己关于乡村锣鼓的记忆和感受,依然保持着那份敏感那份融洽而没有隔膜和冷漠。也许应该是我的生命之乐。

我沉浸在锣鼓声中。这一帮由老汉壮年和青年组成的锣鼓队,没有化妆没有统一服饰,也没有由专业乐界行家导演训练出来的统一动作和表情,他们敲到得意时,有的咬牙有的瞪眼有的摇头晃脑,各见性情。常常使我产生错觉,把他们的脸孔和我儿时印象中的我村的某个人重叠起来混淆起来。我沉浸其中。我已经多年没有接受这种生命之乐的冲撞和震颤了。人的五脏六腑也许需要这种纯属民间的乐器来一番冲撞和洗涮的。无论如何,在民间锣鼓的乐曲里,我心中沉积着的污泥和浊水,顿然扫荡清除了,获得的是清爽和轻松,好继续上路。

我还会再去寻求这种纯粹民间的锣鼓,为生命壮行。

/伊犁有条渠/

到了伊犁，朋友便说林则徐。我的近四十年未见过面的老同学，一见面先说林则徐；新结识的伊犁地区的作家朋友，一松开握着的手便说林则徐；当地的州和县的领导干部给我介绍林则徐；维吾尔族和哈萨克族的朋友同样热烈地对我讲述林则徐。

车子驶过伊犁市郊区漂亮的公路，一条清渠伴着公路在绿杨下流淌，朋友便指给我看，这是林则徐当年流放伊犁时修的，叫湟渠。走进伊犁老街，朋友又指给我看一条小巷，林则徐在伊犁接受朝廷惩罚的两年多时间里，就住在这条小巷里的一院平房内。从乌鲁木齐来伊犁的路上，朋友又说，林则徐1842年也是循着这条路走过的。这条路是沿着天山向西伸展的，天山依然是暗褐色的如同生锈的铸铁，山脚下是无边无垠的秀美的草地。在刚刚落成的林则徐纪念馆里，朋友指着一架木头车说，林则徐发配新疆从西安上路时，就坐进了这辆木轮马车，历时四个多月，经过乌鲁木齐再走进伊犁。我便怀着一种崇拜而又好奇的心情绕车观看一圈，只见两个硕大的木制车轮，木板割制的车厢，两根很粗的车辕木。坐着这样的一架木车历经四个多月的行程，尽可以让人随意去想象旅途的种种艰辛了。

在伊犁，林则徐留下了一道永不磨损的光环。把他弄到这里来的道光皇帝原有目的是出于惩罚的羞辱，没想到的是，这却使被惩罚者的精神人格获得了不朽。这常常成为古今中外的一个历史法则，尤其是漫长的封建专制的中国以及相对短暂的人妖颠倒的文化大革命时期，往往被惩罚者最后胜利，成为历史不损的光环，而惩罚者自己却最终接受了历史的羞辱。

我在杨树和柳树列岸的湟渠边徘徊。湟渠的水是泛着乳白色的清流。这水的颜色不同于北方的河的水色，也不同于南方的江的水色，更相异于海水的颜色。这水来自天山，是天山积雪融化而成的天上之水，伊犁河便是汇聚这雪山之水而独具色彩的河流。伊犁河从中国的伊犁流到哈萨克斯坦国那边去了。湟渠之水是林则徐率众从伊犁河截流引来的。

这水从1884年引流成功到现在，流过一百五十余年，依然充沛而又欢畅地流着，流进号称塞外江南的伊犁的田地和果园，流进农舍的水缸和牧民的饮马槽，一百五十余年以来就这样滋润着这块美丽的土地和多姿多彩的各民族子孙。我企图揣度一个戴罪受罚遭羞辱的人，以怎样的气魄和襟怀在山地和沙滩上亲自踏勘出百余公里水渠的大略走向和具体定位来；一个年过半百的老人，又以怎样的勇气和耐心亲自组织调度汉、维吾尔、哈萨克和锡伯等民族的人民，去开凿修建伊犁地区最宽最长的这条渠。是什么东西铸就林则徐强大的心理力量，踏倒了加给他的惩罚、羞辱，克服了半百之躯的衰老，依然故我地在流放之地实施这项惠佑民众的水利工程？当他在漠风透骨的边陲踏勘和奔走的时候，想没想过那个把他发配到这里来的皇帝在干什么，以及用巧舌和唾液把他喷吐得满脸腥膻的穆彰阿、琦善之流此刻又在干什么呢？

我们绵延两千余年的封建历史，无论正史抑或野史，最生动的篇章，其实就是忠臣的热血和奸党的口水。尘封冷寂的历史摆在书架上，却仍然无情仍然冷峻：造成一个王朝兴与衰、存或亡的决定性因素，不仅是忠臣义士的热血，而更是奸党的口水。口水往往胜过热血，这是漫长的封建历史过程中各家王朝不断重复的悲剧，是不争的史实。但到清朝道光帝这一次重演，口水战胜热血就有点不同了。因为这不只是清家王朝的兴衰与死亡的事了。面对英帝国的蛮横侵略，奸党们的口水不单是吐到林则徐的脸上,而是吐到整个中华民族的脸上;奸党们的口水摧折的不单是林则徐的一顶花翎,而是整个民族的脊梁。我们在中国最后一个封建王朝的衰败和灭亡过程中,看到了一场也许是最生动最惊心动魄的口水战胜热血的悲剧。它给我们的最不可接受的心理刺激或者说历史教训是,摧毁一个国家和民族的尊严的不仅是侵略者的坚船利炮,居然还是更具内腐蚀力的口水。几个奸党的口水所喷吐出来的条约,使整个民族蒙羞受辱了一个世纪。及至今天我站在林则徐的湟渠沿儿上,似乎还能嗅到那口水的腥臭气味。

我终于来到湟渠的渠首。

湟渠进水的渠首工程修建在东巴扎尔。

东巴扎尔是一个小镇,由三条质地良好的沥青铺设的公路组成一个标准的三岔口,高级轿车、大型货车、长途客车和手扶拖拉机在三股道上穿梭,这样偏远的小镇使人感觉不到荒僻,显现着一种蜕皮图新的气氛。小镇对面是一道砂石堆积的荒坡,有两股道路便绕着那荒坡左右延伸。站在小镇一家小饭店的店门旁朝下望去,便是湟渠渠首的建筑。

那是一条绿色的河川。伊犁河的主要支流之一的喀什河,紧紧贴着东巴扎尔小镇的脚流向远处。河水自然是乳白色的天山雪水，河床不宽，水量充沛，有异于旱季里所有北方河流的干滩景象。河的两岸是丛生的柳树组成的婆娑的林带。湟渠从这里破开喀什河的河岸，把天山之水引进百余公里的人工修凿的大渠，这水便不再自然地流失，而变得无价了。这湟渠紧紧贴着东巴扎尔小镇的崖坡，和喀什河并排比肩流过一段距离便分手了，流向伊犁腹地，就在千村万舍的门楼下和葡萄园里喧闹。我站在山坡上久久眺望那远去的喀什河和烟柳婆娑的绿波，久久眺望那相伴着的湟渠和同样被烟柳荫护着的渠水在视野消失。

我和朋友在东巴扎尔镇的小饭店就餐，是一大碗用羊肉汤和西红柿烩煮的揪面片，这是我在新疆的首选食品，甚至超过了手抓羊肉。小饭店是一个维吾尔族青年开的，门面不大，小老板的肚子却够大的。他是炉头，主勺，炒菜烩面十分熟练，上唇的一绺黑色胡须浪漫自信。揪面片的是两个更年轻的维吾尔族小伙子，在案板上揉面搓面，往锅里一边揪着面片，一边说着生硬的普通话，神情却透着调皮，透着这个民族素常的幽默。只有唯一的一个女孩是腼腆的，黄色卷曲的头发，眼睛是淡蓝的，尤其是那翘起的鼻尖，秀丽又可爱。

我吃着揪面片，在露天的东巴扎尔小镇上，歪过头就可以瞅见坡坎下的喀什河和湟渠渠首建筑。这个渠首工程是林则徐亲自督建的,据说安排在渠首工程的民工是清一色的锡伯族人。我现在就餐的这个三岔口小镇,当年是否为锡伯族人安营扎寨的场地,不得考证。然而这小镇上肯定叠加着林则徐的脚印,因为这小镇是观察喀什河流向和湟渠走向的最佳方位……许多年以前,自从我在中学历史课本上知道了那一场鸦片战争,也就记住了一个叫做林则徐的中国人。许多年以后,我在西部边陲伊犁的东巴扎尔小镇上,寻觅这个人的足迹,发着英雄的血和奸党的口水的慨叹。

东巴扎尔。三岔口。塞外荒漠上的东巴扎尔,系结在喀什河上的一个小镇,留给我一个鲜活的历史记忆。

拥有一方绿荫

一株柳

这是一株柳树,一株在平原在水边极其普遍极其平常的柳树。

这是一株神奇的柳树,神奇到令我望而生畏的柳树,它伫立在青海高原上。

在青海高原,每走一处,面对广袤无垠青草覆盖的原野,寸木不生青石嶙峋的山峰,深邃的蓝天和凝滞的云团,心头便弥漫着古典边塞诗词的悲壮和苍凉。走到李家峡水电站总部的大门口,我一眼就瞅见了这株大柳树,不由得"哦"了一声。

这是我在高原见到的唯一的一株柳树。我站在这里,目力所及,背后是连绵的铁铸一样的青山,近处是呈现着褚红色的起伏的原地,根本看不到任何一种树。没有树族的原野尤其显得简洁而开阔,也显得异常的苍茫和苍凉。这株柳树怎么会生长起来壮大起来,怎么就造成高原如此壮观的一方独立的风景?

这株柳树大约有两合抱粗,浓密的枝叶覆盖出大约百十余平方米的树荫;树干和树枝呈现出生铁铁锭的色泽，粗粝而坚硬；叶子如此之绿，绿得苍郁，绿得深沉，自然使人感到高寒和缺水对生命颜色的独特锻铸；它巍巍然撑立在高原之上，给人以生命伟力的强大的感召。

我便抑止不住猜测和想象：风从遥远的河川把一粒柳絮卷上高原，随意抛撒到这里，那一年恰遇好雨水，它有幸萌发了；风把一团团柳絮抛撒到这里，生长出一片幼柳，随之而来的持续的干旱把这一茬柳树苗子全毁了，只有这一株柳树奇迹般地保存了生命；自古以来，人们也许年复一年看到过一茬一茬的柳树苗子在春天冒出又在夏天旱死，也许熬过了持久的干旱却躲不过更为严酷的寒冷，干旱和寒冷绝不宽容任何一条绿色的生命活到一岁；这株柳树就造成一个不可思议的奇迹，千年奇迹万年奇迹，无法猜度它是否属于一粒超级种子？

我依然沉浸在想象的情感世界：长到这样粗的一株柳树，经历了多少次虐杀生灵的高原风雪，冻死过多少次又复苏过来；经历过多少场铺天盖地的雷殛电轰，被劈断了枝干而又重新抽出了新条；它无疑经受过一次摧毁又一次摧毁，却能够一回又一回起死回生，这是一种顽强一种侥幸还是有神助佛佑？

我的家乡的灞河以柳树名贯古今，历代诗家词人对那里的柳枝柳絮倾洒过多少墨汁和泪水。然而面对青海高原的这一株柳树,我却崇拜到敬畏的情境了。是的,家乡灞河边的柳树确有引我自豪的历史,每每念诵那些折柳送别的诗篇,都会抹浓一层怀恋家园的乡情。然而,家乡水边的柳树却极易生长,随手折一条柳枝插下去,就发芽就生长,三两年便成为一株婀娜多姿风情万种的柳树了;漫天飞扬的柳絮飘落到沙滩上,便急骤冒出一片又一片芦苇一样的柳丛。青海高原上的这一株柳树,为保存生命却要付出怎样难以想象的艰苦卓绝的努力?同是一种柳树,生活的道路和生命的命运相差何远?

  这株柳树没有抱怨命运,也没有畏怯生存之危险和艰难,更没有攀比没有忌妒河边同族同类的鸡肠小肚,而是聚合全部身心之力与生存环境抗争,以超乎想象的毅力和韧劲生存下来发展起来壮大起来,终于造成了高原上的一方壮丽的风景。命运给予它的几乎是九十九条死亡之路,它却在一线希望之中成就了一片绿荫。

  我崇拜这株高原柳树。

/ 骆驼刺 /

列车是在沉沉夜幕中进入柴达木的。我浑然不察不觉,已经置身于地理课本上用沙点标示着的这片大戈壁了。

早晨起来,睁开眼睛就感受到裹入柴达木巨大的无边无沿的苍茫与苍凉之中了。无论把眼光投向哪里,火车刚刚驶过的来处和正在奔去的前方,车轮下路轨所枕伏的一绺直到目力所及的远处,灰青色的灰白色的沙砾无穷无尽。沙漠的颜色变化着,一会儿是望不透的青灰色,一会儿又转换成灰白色的了,无论怎么变幻,依然是构成主旋律的单调。在感受宽阔、浩瀚、博大、雄奇的深层,柴达木投射给人心理的苍茫和苍凉同样是切实的。偌大的火车在柴达木的腹地上奔驰,恰如一只节状的油蜈蚣在缓缓地蠕动,总是让人产生没有指望走出的疑虑……

生命在这里呈现出异常简单的景象。整个世界简单到只剩下一种两种绿色植物,骆驼刺和芨芨草。一株一株的骆驼刺,形似球状,零零散散撒落在沙砾上,没有簇聚,单株单个,据地自生。看不到印象中的森林和草地上那种或互相拥挤互相缠绕的复杂,或勾肩搭背倚杆爬高的姿势,或交头接耳唾沫相溅的喧哗。干旱和寒冷的严酷,使一切绿色生命望而却步,只有骆驼刺以最简单的形式生存下来,形成柴达木的唯一点缀。

骆驼刺,短而又细的枝,针状的叶,无媚无娇,仅仅只是一个绿色的生命体。骆驼刺,开一种细小到几乎看不出的花,和孕育它的沙地一样的颜色,也应是花中最不起眼的色彩了。然而它的功能却与任何花毫不逊色,授粉,结籽,在沉静的等待中迎接雨水,便发芽了。

远处是昆仑山,寸绿不见,如铁打钢铸似的摆成一道屏障。白如棉絮的云团,在或高耸或低缓的峰巅和峰谷间缠绵。

一条泥浆似的河出现了。名曰饮马河,再恰切不过的好名字,却使人感到徒具虚名。赭红色的水,几乎看不见流动,细小到无法与河的概念联系起来,充其量只算得小河沟罢了。然而毕竟有水,便是理直气壮的河了。有水,不管赭红色也罢,浑如泥浆也罢,就能孕育繁衍出绿色的生命,各色水草,就围绕着水的走向蓬勃起来,蜿蜒出荒漠戈壁上一道惹人眼热的绿色。自然,拥挤和缠绕、簇聚和绣集、勾肩搭背和攀爬倚仗便如任何草地一样发生了,不可避免地形成了。然而,在苍茫而又苍凉的柴达木,饮马河毕竟流出来这一缕生动和一缕活泼,一缕让人遏止不住想要拥抱的俗世绿色。

毕竟使人难忘的还是骆驼刺。在柴达木,在毫不留情地虐杀一切绿色生命的干旱、暴风和严寒里,只有骆驼刺存活下来了。骆驼刺接受了严酷,承受了严酷,适应了严酷,保持而且繁衍着庞大的家庭,便可骄傲于所有的严酷,成为点缀和相伴柴达木的唯一秀色。

/盐的湖/

恰好在我划拉着几笔感触印象的时间里,火车已经进入盐的湖了。

骆驼刺和芨芨草所营造的单调而又令人敬畏的绿色消失了。消失得干干净净,一丝不留,堪称绝杀。一望无际的平坦得令人目眩的沙地,呈炭灰色。湿漉漉的泥沙地表,使人立即想到刚刚落过雨,再远也只能是昨天夜里下了一场透雨。应该是柴达木一年中难得的一个细雨润物的夏夜,还以为天公专意为我们这一帮远客额外的恩赐。错觉!错了!这里是盐湖,盐水千万年来就那么腌渍着泥沙,千万年来就是这种湿漉漉的如同雨淋的景象,让一拨一拨初踏此地的人产生错觉,空喜一场。这是盐湖。我乘坐的列车刚刚驶入盐湖的边沿。这是世界上储藏量最大的一个天然盐场,据说可以供现有的世界人口吃上十多万年。这盐湖在中国青海省的柴达木沙漠里。

白花花的类似浓霜一样的盐出现了,结晶在湿漉溾的沙地的表层，地表的下层蕴含着浓稠的盐的汁液。任何植物，包括英雄的骆驼刺和芨芨草，任谁也招架不住盐汁的浸泡和腌渍，连一丝生存的侥幸都不存在。这里不存在一滴淡水，无由生长一寸绿色，不哺养任何一个或大或小或蹦跳或匍匐的兽类和禽类。这是一个绝生地。

然而这里出产一切生命都不可或缺的盐。国家从50年代就开始勘探和采掘。我们的血液、肌肤和骨头里，早就注入了这里的盐。血液能够活泼地在身体里涌流，肌肤柔韧而富于弹性，骨头质地坚硬而具承载力，皆有赖于这盐湖里的盐。我便虔诚地感激那一代又一代工作在这绝生之地的工人和专家，他们的一生都在这里采掘着盐。

列车上骤起的小小的惊呼和骚动，是真正的盐湖的湖水惊乍起来的。一片汪洋！不，其实根本不是任何海和洋的颜色，也不是我所见过的湖的颜色。这里是一片灰白色的浑浊的水。无边无沿无法望尽的灰白色的水的世界，却看不到一根水草，不见一只与水相嬉戏的鸟儿，不见一个搅水翻浪的水中生物，甚至连一只蠓蝇和甲虫都不存在。

上边是蓝天和白云，下边就是这浑浊的灰白色的水，没有遮掩也没有骚扰，没有一缕响声和一丝动静。

水便平静到如同死亡了一般,无波无纹,无光无色,使人怀疑这水是不是真正的水,因为作为水的素常的印象和水的相关的表征全部丧失了。

然而,这确凿是水,饱含着浓稠的盐汁的水。随意到湖里用手搅拂一把水,待风干之后,留在手上的盐足够一家人吃一顿午餐。这是什么水哦!是盐,是盐的湖。

盐湖的地名叫察尔汗,蒙语,盐的世界的意思。

/ 天之池 /

茫茫灰雾笼罩着。雾就在眼目之下。从高处探望下去，眼下就是一片茫茫的密不透隙的灰色的雾。谁也无法料知这雾什么时候会扯开散去。人愈是疑虑，那雾似乎愈是浓厚，似乎根本没有散去的希望。人就不由得焦虑，甚至抱怨自己选择了一个倒霉的日子：痴心向往的长白山天池，已经站在她的裙边，却看不见她的面目。

这雾确也像一张面纱——世界上那些严守宗教禁忌的妇女遮掩在面庞上的那一张，严密封盖着的是怎样一副含羞带娇的玉容呢？

群峰壁立，结臂连襟，或挺拔或浑实的十六座峰体，气势磅礴，恰似披甲挂胄的武士；火山岩浆铸就的武士，无疑是经受过超高温炼烧的纯洁忠贞之士，守护在这里已经有亿万年了。面对这样忠诚的卫士，我便静下心来，即使花一天时间的等待和守候，又何谈真心痴情！

久久的期待中,那雾终于扯开了。先是一绺,后是一角,稍一显现,随即逝去。刚刚露出的那一绺一角,瞬间又覆盖上雾的面纱了。然而就在那一绺一角露出的瞬间,呈现出湖蓝色的长裙的一幅裙褶,镶嵌着无数宝石或碎金,闪闪眨眨,扑朔迷离……你期待着的人正从楼梯的转角处下来。你屏声静息地等待着一睹芳容,却看见那长裙在楼梯的转角处飘忽一闪,露出炫目的脚腕的雪白,那长裙又消失了,没有下楼,又折回楼上去了……留在心里的是浅尝辄止的更高涨的欲望,期待那面纱彻底抖落,至少再撩开一绺一角的机缘,看到半边脸颊一次回眸也可慰藉。

灰色的雾又变化成为白色的了。白色的面纱又转变为灰青色的了。什么时候又在那一边峰峦间挂起连天接地的五彩虹帐。阳光挑逗嬉戏着,然而那雾的面纱却绝不扯散。

纵眼望去,莽莽苍苍的群山浪波一般起伏着、簇拥着,推向烟云浩渺的远处。阳光和云彩给群山投射出变幻不定的色彩,一片深情一片嫩绿转换着交替着,海浪般涌动翻腾起来了,只是听不到呼啸。无声的波浪铺天盖地,从眼目所及的远处一幅一幅推进过来,拍打着赤裸的铁渣似的长白山的主峰,我的胸脯也随着波涌感到脚下的节奏起伏了。放开思维之缰任其飞翔，怎样想象亿万年前这儿曾经是一片汪洋的景象？怎样想象亿万年以来地心之火在那一片汪洋之上雕塑出横亘千里的长白山脉的伟功！哦，真想潜入那依然保持着原始形态的丛林，捡拾一块小小的未经人手和兽爪触碰过的火山岩石。哦，那密林覆盖的千里群山之中，肯定有一只修炼千年终究成仙的狐狸，在山崖侧畔在白桦树后在野花丛中投来羞羞的一笑。哦，在那一笑撞击心灵的一瞬，顿然感悟到俗世的肉身和肉身的世俗。

灰色的雾和白色的雾终于散去了。没有一丝风，不知这雾为什么会自动扯开散去。从火山岩石和岩灰堆积的山峰豁口望下去，那灰白的雾眼看着淡了稀薄了，转眼间就散失净尽了。神秘的面纱徐徐地揭去了，令人灵魂震慑的景象出现了：一片幽深的蓝色，平静地闲适地躺在群山群峰的足下，阳光爱抚着投射下来，那一袭长裙的色彩变幻莫测，胸脯淡了腹上浓了腿脚又浅淡了；愈是颜色浅淡的裙褶里，万千的宝石和碎金的闪光愈是璀璨。山顶上的千年积雪倒映不出影像，被深沉的蓝得发青的水融解了。白云白雪和山峰都无法在其中投下倒影留下印记，她太深了，抑或是太娴静了，不把任何献媚者收入眼睑？只有太阳是可以骄傲的，可以在那一袭长裙的每一寸裙褶的宝石上撩拨起闪光,她却依然沉静……雾的面纱又徐徐地遮盖过来了。

留在我灵魂深处的,是羞色里的纯净。至纯至洁的天池之水,便自然蓄蕴着羞羞的神色。不洁不净的东西可以以各种华丽和妖艳取悦于世,唯独那羞色难得仿造;纯洁的云和纯净的花和纯洁的心灵,我们都可以发现隐隐的羞羞之色;被把玩过的玉石即使有绝世的雕琢,被汗手油指抚摸过的花朵即使十分美艳,被龌龊充塞着的心灵即使做一万次美容,都不可能再从它们的眼神里泄出一丝一缕的羞色了。

天池的羞色来自她的水,上承天雨,下聚涌泉,皆无任何中间导流环节的污染;她的深厚(三百七十三米)使那些喜欢沾水嬉浪者望而畏步,避免了汗渍;她高踞海拔两千多米的长白山巅,绝除了灰土、烟尘和有害气体的浸染,保护着一份至纯至净至洁,那沉静里的羞色正是与天生丽质俱来的一种气韵,而这气韵在一切作为风景胜地的水境中都不可能找见了。

游移不定的眼神是否反射着心灵里的大九九小九九?混浊的眼色是否浮游着心底的脏?无光无亮的眼色是否透射着平庸与无奈?急切而又卑琐的眼神是否袒露着心灵深处那狂狷和卑怯交织着的火与烟的浊流?再到哪里去寻觅如你——天上之池——一样的

羞色?

告别天之池,告别长白山,留一份纯净,留一份羞色,陶冶情感滋润心灵。

拥有一方绿荫

农历十月初一是家乡的鬼节,活着的人要给死去的亲人烧纸送钱,好让他们在冬季到来之前置备防寒的衣物。在这种事情上我一直是处于理智和情感的分离状态,结果却是一次又一次顺从了情感的驱使,便匆匆赶回乡下老家,去为我的那位终生都在为吃饭穿衣愁肠百结的父亲烧一扎纸钱,让他在冥冥之域不再饥寒交困。

转过村里那座濒临倒塌的关帝庙,便瞅见我的家园。那株法桐撑开偌大的三角形树冠,昂昂扬扬侍立在大门前不过十米的街路边。我的树——每一次回归家园第一眼瞅见这株法桐,我的心里就会涌出"我的树"的欣然浩叹。原因再简单不过,这株法桐是我栽的。父亲在世时喜欢栽树,我们家的房前屋后现在还蓬勃着他老先生栽植的树群,场塄上的那株白椿树已经有一搂粗了。然而我每一次回乡看见自己栽下的树都要比看见父亲栽的树更亲切,说穿了不过是栽树的人对那株幼苗当初所寄托的希冀将实现。是的，当我看见自己掘坑栽下的那株不过指头粗细的幼苗终于雄壮起来，侍立在村巷里，在浩渺的天空撑起一片绿盖的时候，我的那种感觉颇近似阅读自己刚刚写完的一部小说。

十二年前的这个月，我调进陕西作协专业创作组。我那时的唯一感觉便是开始进入最理想的人生状态；专业创作对我来说它的实质性含义只有一点，所有时间可以由我自由支配，再不要听命于谁对我的指派了。压力也同时俱来，生活、学习、创作既然全由自己支配，那么再写不出像样的作品，也就没有任何托辞可以替自己遮羞了。

我几乎同时决定回归老巢。回归我父亲我爷爷我老太爷一脉相承的家园。不是因为他们都死了需要由我来承继，纯粹是为了图得一个耳根清净的环境，可以平心静气地坐下来读书，思考一些不单是艺术也包括艺术的问题。深知自己知识残缺不全，而生活演进的步伐又如此急骤，好多好多问题太需要沉心静气地想一想了。

住在乡间真是令人心旷神怡，所有的骚扰和诱惑都自然排除。每每在清静到令人寂寞的时候我便走出大门，和村巷里随意相遇的任何一个人拉拉闲话，哪怕逗小孩玩玩也觉得十分快活。夏天暴日当头时，走出门来就招架不住炎炎烈日的烤炙，暴晒后我的头项和赤臂就生出一层红红的小米粒似的斑点，奇痒难支，医生说那叫日光性皮炎。我便畏惧已构成暴力的太阳，于是便想到应该有一方绿荫做庇护。出得大门站在浓厚而清凉的树荫下和农人闲谝、抽烟那真是太惬意了……便想到栽两株树。

首先是树种的选择。我要栽两株法桐。几近四十年前我读初中，看过一场中国和法国合拍的儿童电影《风筝》，巴黎街道上那高大的街树令我记忆特深，我在家乡没有见过这种树。又过二十年我才知道这种树叫法桐，中国的许多城市的公路两边已经形成风景，家乡的一些农家屋院也栽植起来。

是我动手那部长篇小说写作那年的早春，我托村子里一位青年从庙会上买回两株法桐，一株一块钱。树买到了自然很遂心愿，只是遗憾着它太小太细了，仅仅只有食指那么粗。天哪！想要乘它的荫凉，想要拥有一方绿荫，得等多少年啊！

我仍然毫不犹豫地挖了坑，给坑底垫上土肥，把它栽下了；栽下了它，也就把一种对绿荫的期盼坚定地埋下了。我挂着铁锨把儿抹着脸上的汗水，欣赏着只及我胸脯高的幼株，一缕忧虑产生了，猪可以拱断它,小孩随手可以掐折它,它太弱小了嘛!于是我便扛着镢头上山坡,挖回一捆酸枣棵子,插在幼株周围,把它严严密密地保护起来。

令我失望的是,几乎所有树木的嫩叶都变成了绿叶,而我的两株法桐依然叶苞不动。我拨开酸枣棵子在那树干上掐破表皮,发现已经是干死的褐色。我想把它拔起来扔掉,就在我拽住树干准备用力的一瞬,奇迹发生了,挨近地皮的地方露出来一点嫩黄的幼芽,我的心就由惊喜而微微颤抖了。

这是从法桐的根部冒出的新芽,证明树根还活着。树根活着就会发出新的幼芽,生命多么顽强又多么伟大啊!那是一个尚看不出叶形的粗壮的锥形幼芽,刚刚拱破地皮而崭露头角,嫩黄中有淡淡的嫩绿,估计也就只经受过一两回春天阳光的沐浴吧。我久久地蹲在那里而舍不得离开,庆祝一个新的生命的诞生。我把扒掉的酸枣棵子重新插好,这幼芽不仅经不起车碾马踏人踩猪拱,鸡爪子只要一下就会轻而易举地把它刨断把它摧毁。

我一日不下八次地看那幼芽。它蹿起来了,它由嫩黄变成嫩绿了,它终于伸出一片绿叶了,它又抽出一片新叶了。它终于冒过围护着它的酸枣棵子,以一身勃勃的绿叶挺立起来,那么欢势,那么挺拔地向着天空……唯其丝毫不敢松懈，每年春天挖一捆酸枣棵子加固防护的围障，它依然还弱小，依然经不起意外的或有意的伤害。

它长到我的胳膊粗的时候，我终于享受到它的绿荫了。那树荫投射到地面上，有筛子般大小，我站在我的树的荫凉下，接受它的庇护。它的尚不雄壮的枝干和尚不宽厚的绿叶，毕竟具备遮挡烈日烈焰的能力，我想拥有一方绿荫的愿望实现了。那一年年底，我也终于完成了历时四年的长篇小说写作工程，回城里去了。临走之前，我仍然给它的周围加固一层酸枣棵子。

去年夏天我回去，发现那树干已经长到小碗那么粗了。不知哪家的孩子用小刀在树干上刻写下我的名字，刻刀的印迹已经愈合，颜色却是褐红色的，在树皮的灰白色中十分显眼。从去年到这次回归，我发现那树干急骤加粗，刻着我的名字的那两字也在长大。树下已经有偌大一片绿荫了。

法桐已经成为一株真正的树挺立在那里，巨大的伞状树冠撑持在天空。父亲在世时给我说过，树冠在天空有多大，树根在地下就会伸延多么远；树干有多粗，树的主根也就有多粗；树枝在空中往上往前伸长一尺一寸，树根在地下也就往下往周围延伸一尺一寸。我至今无法判断父亲这话有多少科学的可靠性，但确凿相信，这树的根已经扎得很深了，即使往坏处想到极点，譬如说突然被过往的汽车撞断了，或者几十年不遇而在某一天却遇到了雷劈电击，这自然都无法预防，但这根是不会被撞毁劈断的。它会重新冒出新芽，它的生命还会重新开始。真的发生这种情况，我将无怨无悔地再去挖酸枣棵子，重新开始对我的法桐新芽的围护。

我久久伫立在我的法桐树旁，欣赏着那已经变形却依然清晰可辨的我的名字，那刻下我名字的淘气鬼也该和这树一样长高长壮了吧？天空飘落着零星小雨，日头隐没了，虽然看不到树荫，却也毫无遗憾。到明年三伏那燥热难熬的时候，我就回家园，享受暴日烈焰下的我的那一片绿荫。

/绿蜘蛛，褐蜘蛛/

记不清究竟是临近清明前的哪一天早晨，我洗罢脸走出房门便惊得站住了脚，小院围墙根下的梨树开花了，一嘟噜一嘟噜粉嫩嫩的白花，疏疏朗朗点缀在嫩绿的枝叶之间，密集的花朵绣结成团，稀疏的花朵独秀一枝。我在最初瞧见的一瞬，顿然幻化出一位白衣天使的绰约风姿。

我走到梨树下，竟然是潜意识地轻脚慢步，似乎单怕惊飞了这位白衣仙女。树干上湿漉漉的，夜气和露水浸润着的褐色的树干像刚刚出浴的小腿。嫩绿的叶片也湿漉漉的，像仙女濯洗过后随意披散的长发。花是一簇一簇的，一根花梗里多则生出七八朵，少则四五朵，团成一簇；白如雪的花瓣，暗黄的花蕊，绿色的花柄儿，团团簇簇有如凝脂，装扮得这梨树恰如一位冰清玉洁神采仙风的白衣天女了。

记得是五年前秋末冬初的一天傍晚，邻村的一位青年时期的农民朋友到我家来，腋下夹着一捆果树苗，有几株桃树，有几株杏树，有几株李子树，还有几株梨树，都是刚刚嫁接一年的幼株，说是特意送给我的。我解开捆扎的草绳儿，捏着看着那一株株细如小指的树苗，竟然激动起来了。他说他知道我盖起一年多的新房前有一块小院，他说他知道我喜欢栽树，他说他觉得给围墙内的小院栽几株各色果树最好。我也知道他现在在责任田里侍弄各种果树苗，嫁接树苗和管理果树的本领在本地区小有名气，常常被一些果树专业户请去指导。他虽然只有小学文化，生性却极聪慧，闲暇时总是对果树栽培专业的书籍乐而不疲。他和我坐下喝茶，头头是道娓娓述说各类果树管理的尖端新潮技术，美国怎么怎么了，日本又怎么怎么了，令我大开眼界。

送他走后我就作难了，小院里已经栽下两株樱桃和一株小柿树，剩下的空间无论如何也容纳不下这一捆树苗生存发展的，于是我就开始了甚为困难的抉择。首先淘汰的是桃树，原因是农业合作化前我家拥有一方桃园，那几种美好的桃子的味道至今想起来依然馋涎欲滴，对如今种种好听的新品种实在不敢恭维。杏树随之也被否决了，原因是我家后坡上长过一抱粗的一棵杏树，杏子又是我们这里的土特果品已无新鲜感觉。最后割舍的是那李子树，这水果红里透紫十分好看，味道却不怎么可口，耐看而耐不得嚼。这样，便留下来四株梨树苗，我没有种过梨树，我父亲似乎也没有栽过梨树。幼年时记得我们家有一小块地叫做梨园，父亲总是说"后晌割梨园地里的麦子"，或者说"梨园那儿的包谷旱得撑持不住了水还轮不上浇"。我问过父亲梨园地里为啥没有一株梨树，没有一株梨树为啥把这块地又叫做梨园。父亲说他也不知道其中的缘由，说他从爷爷手里继承下来家业时这块地就称作梨园，爷爷这么称梨园他也就跟着叫梨园，我在跟着父亲称梨园的同时却多了一份期望，这梨园真要是有几株梨树会多好啊！我们村子里压根儿就没见过谁家种过一棵梨树，我那时候尚不知梨树的叶子是圆的还是长条的。

赶在天黑之前，我便把三株小小的梨树栽在小院里，剩下一株左看右看再也无法插足，便只好栽到围墙外边靠近大路的空地里。遭到淘汰的桃、杏、李子树毅然分送给邻居的小伙子，他们有责任田有果园。我顿然产生了失去田地以后的某种失落感和生存的狭窄感。

这时候我基本完成了一部长篇小说的构思和准备工作，就要开始草拟。不料母亲却大病始发，整整一个冬天都奔波在医院和家园之间，难得进入创作的沉心静气状态，便推后到次年春季。

草稿本子上记下的草拟开工的日子是4月1日，其时梨树苗儿已经绽出新叶，四株全部成活，显示出勃勃的生命的茁壮气势。我便在写作困倦想抽一口烟时走到小院里，在这一株旁边蹲一会儿，在那一株跟前站一站，数一数叶子增加几片，心头恬静得如同抚摸着小儿头上的黄毛。梨树周围是坚决不能容忍一株杂草的，几乎每天早晨都能发现刚刚拱出地皮的草芽，我随手便用一把锋利的挖铲连根刨出来……到了秋天落叶时，我竟然有一缕不忍落去的依恋，然而看着这梨树由小拇指加粗到大拇指，从齐我胸高一下子冒过我的头顶，一年里长高了一米多，而且四周抽出几条旁枝，初具树形了，我就真切地惊叹这绿色生命的活力了。

当春风又一次吹绿万物，我的梨树也应时发出新芽绽出绿叶。我已不再惊讶和好奇，而是以一种沉稳踏实的心境开始盘算，到今年秋天它肯定要冒过围墙了，树干也会加粗到擀面杖一般了。去年冬天到来时，我给它们的根部埋下了充足的有机肥料，整年生长发育的养分都会绰绰有余。

意外的挫折使我心疼不已。那天我写累了又抽着烟转悠到梨树跟前，发现地上掉下来几片嫩叶，还有两个小芽尖儿。往树上一看,发现主干刚刚冒出半尺长的新芽尖儿被掐断了,一根朝西的小小分枝的芽尖儿也被掐断了,还有一些嫩叶梗被折断。我大为惊诧,甚为惋惜心疼,便猜想是谁家小孩子弄坏的。可是大门一直关着,孩子不可能翻墙来干这种事的。我就在这幼树上一枝一叶逐渐查证,突然在一片稍大点儿的叶子的背面发现了一只怪物,它不过像一颗扁豆粒儿那么大小,通体绿色,绿得嫩亮亮的,六只左右对称着的复足也是绿色,纹丝不动趴伏着。我在看见它的一瞬心头掠过一阵恐惧,皮肉收缩而悸颤起来。它的绿色不像梨树的嫩绿唤起人对于生命的礼赞,而切实让我感到了阴冷鬼祟和毛骨悚然。我虽然自小生长在农村,自以为天上飞的地上跑的飞禽走兽都可以按家乡习惯叫出名字,这个绿色的怪物却系头一遭发现。我便斗胆用手去捉它,刚刚触及树叶,那怪物便自动掉下来,在地上跑得好快,我一脚便把它踩得灰飞烟灭了。在它从树上自动坠地时,我发现了它吐出一道细丝,大约是一种自卫的安全坠地的本能,这倒启示我把它与吐丝做网的蜘蛛联系起来:绿蜘蛛。

一场你死我活惊心动魄的人蛛大战便由此启幕。我逐树逐枝逐叶一一检查,发现了绿蜘蛛,便用一根树棍儿轻轻敲击一下树叶儿,那怪物故技重演坠到地上，我随即跟上一脚将它消灭。我得意于我对它的战略战术的成功，却不料发生了问题，在东墙角的梨树上一敲，那怪物没有弹到地上而是弹到另一片树叶上，然后就在绿叶中哧溜哧溜逃窜，搞得我眼花缭乱而终于丢掉了目标。好在就这么一棵小树，没有几根分枝，从头再侦察起来。到我终于再发现它的诡秘的行踪，便忘记了它可能身蕴毒汁，一把抓上去，连同那片绿叶都揉碎在掌心了。

整死了绿蜘蛛我也陷入老大的不自在，这右手的手心总是感到别扭和不舒服。我已经用肥皂洗过三回，没有发红也没有发肿，证明那怪物体内尚无蝎子和蛇一样的毒汁。然而我仍然感到极大的不自在，我便坐在小院里抽烟。这绿蜘蛛其实既不食枝也不噬叶，它是咬断芽尖儿和嫩叶叶梗吸吮树的汁液来养活那绿色肉体的，这未免有点太可恶。我又想了，我未栽梨树的时候，这种怪诞的昆虫从未发现过，梨树刚刚栽下一年，它就出现了，或者说它就来了。那么，它是打哪儿来的？也许它的卵在我朋友的苗圃里就附着在小杆上或根部，而它是专门以梨树汁液为生的寄生虫却确定无疑。我也就明白了，世上有多少种禾苗多少种花草多少种树木，就会有多少种专门以各种禾苗各种花草各种树木的叶、汁为生存依托的寄生物，不必惊诧。

我后来便不再愤愤更不惊诧了,便在写作间隙里转到小院来捕杀绿蜘蛛,常常使我疲惫的神经亢奋起来,然后又沉心静气地拔出钢笔写作。整个一个春天和夏天都在进行着这种习以为常的间断性的战争,四株梨树在我的游戏似的战斗保护下蓬蓬勃勃生长起来,四棵中生长最慢的一棵也有擀面杖那么粗了。

到第三个年头的春天到来时,门外的那一株成熟了。当嫩芽开始在枝上逐渐膨胀肥大起来的时候,我发现有四五个芽苞儿几倍于普通的芽苞儿,我突然想到这是花苞儿而不是芽苞儿。果然,那包裹着花蕾的胞衣在那天夜里自然破裂了,蹦出一束花蕾来。我更加警惕地监视绿蜘蛛的出现,绝不能让它危害第一茬花朵。花儿绽开了,是在夜里。早晨我推开大门时就瞅见绿叶之间点缀的那儿束白花,心都微微悸颤了。

绿蜘蛛果然出现了,而且又多出了一种灰褐色的蜘蛛。比起绿蜘蛛来,这种灰褐色的蜘蛛就显得太平常太土老帽了,它与普通的蜘蛛似乎无大的差异,只是个儿很小;普通的常见的蜘蛛凭自己天才的织网本领捕捉昆虫为生存手段,而这种灰褐色的蜘蛛却和那种绿蜘蛛一样,以吸吮梨树汁液来养肥壮大自身,它吐出的丝不是为织网而是作为潜逃保命的护身宝器,本质的差异就在这里,我们判定它们为益虫或害虫的分界也在这里，绿蜘蛛褐蜘蛛的生存和发展是以残害梨树为生存条件的，而且是一种无可改变的生性本能。

在我严密的监视下，七束梨花完成了授粉而终于凋谢了，花心里托出一枚小小的豆粒大小的青色小梨。我竟然一时不敢相信，这小不点儿日后果真能长成一只拳头大的黄灿灿的梨子？在我的疑惑尚未解除的时候，突然发现，那些小青果的果梗全部被咬伤而干死了。我搞不清是绿蜘蛛咬的，还是褐蜘蛛咬的，反正是咬了，却又没把那梗咬断，依然支撑着，可能是那梗把儿比嫩芽坚硬吧？它把梗咬破吮咂了汁液就达到目的了。我一枚一枚揪下已经干死的豆粒大的小梨，心头涌出的不单是愤怒，还有对自己过失的内疚。反省之后的重大举措就是动用化学武器。我向邻居借来喷洒农药的器械，十毫升灭虫剂就把四棵梨树喷洒得药水滴答，蜘蛛们无论绿的还是褐的全都毙命——树大叶密了，凭眼睛瞅瞄凭手抓脚踩已经是费力而难以收效的笨事了。

终于又等到梨树开花！

靠近北边围墙的那一棵长得最健壮的梨树，花儿开得好繁，头一次开花就如此繁盛却是出乎预料。金色的蜜蜂在花朵上嗡嗡缭着绕着亲吻着，在白色的花瓣上起落蠕扭，我居然嫉妒起那小精灵如此亲近我的梨花仙子的举动了。我在放下笔点燃烟以后，便走出房间在这棵梨树下站一站，又转到那一棵梨树下站一站，尽管这棵只开了一束五朵花，也值得看，然后又走出大门站在第二次开花的这棵梨树旁边，它也是满树雪片一样的白花。悠悠的花香沁人心脾，嗡嗡的蜂声柔声蜜语，我忽然从心头飘出一句悠扬的歌：每当梨花开遍了原野……

我时刻也不敢忘记那绿的褐的蜘蛛。我按捺着不敢动用化学武器，唯恐杀伤采花酿蜜同时也替我的梨树完成授粉的蜜蜂。待到花色呈现衰败花心已现出麦粒大小的梨子的时候，我便又动用了化学武器。而且根据去年积累的经验，二十天喷洒一次，不等前次喷洒的药力消失，这一次又喷上树叶了。这一年，狡猾而阴毒的绿蜘蛛褐蜘蛛都没有构成大的危害。我胜利了。

这一年难以忘记，就在梨花开放的前一周，我把那部长篇小说的手稿交给了北京来的高、洪两位先生。交给他们的时候，我心里涌到唇边一句话：我连生命一起交给你们了。考虑这话会对他们构成心理压迫，我终于忍住不说。

我真正进入一种闲适的轻松状态，像负重远行走到尽头卸下了负载，而这负载又是精神的。我在小院里铺就一方砖地，垒起一个小小的石桌，砖地上可以放置一把竹编躺椅和一只竹编矮凳。天气渐渐热起来,我早晨喜欢躺在竹椅上喝茶,晚上更喜欢躺在这里独斟独饮"西凤"。太阳从东边移向西边,月亮也随其后从东边的原顶沉入西边的原坡,灞河里涨起的湿润的水汽则不管阴阳转换一直滋润人的肺腑。我躺在竹椅上,看着那从花瓣里分离出来的小梨渐渐膨胀,栗子大了,核桃大了,鸡蛋大了,又渐渐呈现出大头细尾的形状了。这么小小的一棵树上,居然长成了近五十个梨子,果梗终于承受不住不断长大的梨子的重负而变弯了,梨子便一个个头颅下垂吊在树上。乡邻们发现了我的梨树上的奇观,接二连三来参观,纷纷感叹:"咱们这地方还是可以种梨树的嘛!"

梨子的颜色由深绿渐渐褪色为浅绿,而终于透出淡黄来,我知道它成熟了,怎么也舍不得把它摘下来,破坏了这一方风景。我总是想,如若摘去了梨,我躺在竹椅上看到的将会是怎样空落的梨树?每当村里有乡邻来看稀罕,我就只摘下一两个,用刀切了让大伙品尝,都说是酥脆水大甜香……直到剩下的梨子成熟过度而自己往下掉时,我才把它们摘了。我的那位送来梨树苗的朋友教导我说,梨子熟了就要摘,摘了好让梨树歇息下来,要不就会影响明年收成,我大为惊讶。

这年冬天我进城住了,小院的大门便永久性地锁上了,连同我的家园和我的梨树。我一去便陷入了一种无序的忙乱之中,常常几个月不能回乡下的家。到我夏天终于抽暇回家打开大门时,天哪,擀面杖粗的蒿子被风吹倒匐匍在院子里,过道也被堵得走不过去。最悲哀的是梨树,不要说挂果了,芽芽叶叶被咬断得七零八落,真个是疮痍满身,可见绿蜘蛛褐蜘蛛以怎样的疯狂和得意对我进行了报复。

今年初春,我依然搅缠在纷纷纭纭的杂事之中而不能脱身,看到城市街树绿了,便想着家园里的梨树也该绿了,花苞也该开绽了,何时再能得到早晨起来看见袅袅娜娜的白衣仙女的惊喜?遂成一阕拙词:《阳关引·梨花》——

  春风撩拨久,梨花一夜开。露珠如银,纤尘绝。晨光里,看团团凝脂,恰冰清玉潋。四年矣,终究等到清明节。

  便手舞足蹈,歌一阕,自信千古,有耕耘,就收获。依旧谢浮华,还过愚人节。花无言,魂系沃土香益烈。

/绿风/

大约是十年前的那个夏天的末尾,即我下决心从都市返归故居的那一年,据说是关中几十年不遇的一个湿夏。这一年的麦子被连绵不断的霪雨浸泡得在麦穗上又发出绿芽来,稀泡泥泞的麦田里,农人无法挥动镰刀收割已经熟透已经发霉已经出芽的麦子。阴雨持续到夏末,满川已是一片绿色的包谷、谷子和棉花,阴雨还在持续着,往常的百日大旱变成了百日阴雨,农家用石头和土坯垒筑的猪舍和茅厕十有八九都倒塌了,猪们便满村满地乱跑乱拱,人的鼻洼跟坑里都长出霉点绿苔了。

那天晚上交过子夜睡得最酣的时刻,一声天崩地裂似的响声震得我从被窝里蹦起来,坐在炕上足足昏厥了五分钟。天塌了?地震了?我是否还活着?当我肯定并没有发生这样的灾难的时候,也就判断出来后院里可能有小的灾变发生。我打着手电筒出了后门,后坡上滑坡了,幸亏滑塌的泥浆土方不大,否则我早已在酣睡中被泥浆葬埋了——我祖居的房根距后坡充其量不过十米。

我吓得再也无法入睡，坐等到天明一看，才真正地惊恐了。绿草和树木全部倾覆在后院里，和泥浆石头搅缠在一起。坡上竟是一片白花花的沙石鹅卵石堆积起来的沙坡。我从有智能的年岁起，就记得这后坡上长满了迎春花，每年春天便率先把一片金黄的花色呈现给世界也呈现给父亲。父亲年年都要说一句：迎春花开了！然而父亲也说不清是我们家族的哪一位祖宗栽植的，反正整个后坡上都覆盖着迎春花的厚茸茸的枝条，花丛中长着一些不能成材的枸树榆树和酸枣棵子。现在完了，整个都完了，什么树什么花什么草全都滑塌下来，和泥浆沙砾搅缠堆积在坡根下捂死了。陡坡上也不知被掩盖了几千年乃至几万年的沙砾重新裸露出来，某种史前的原生原始的气韵瞬间使我感觉到一种莫名的畏怯。我联想到被剥掉了衣服刮光了皮肉的一架骷髅，这骷髅确凿又是我们祖先我们家族里男人的骷髅……一种从家族墓穴里透出的幽冷之气直透我的骨髓。

我在那一刻便想到了覆盖，似乎不单是覆盖那一片史前的沙砾，而是把家族的早已腐蚀净尽血肉的骷髅覆盖起来。我要栽树、植草，然而须得等到秋后。

树叶落光白露成霜的秋末冬初是植树的好时节。我到山坡上挖了十余株野生的洋槐树，很随意地栽下了。所以随意，是我深知洋槐树生存能力特别强，一般树难存活的贫瘠干旱的石山河滩都能繁衍它的族类。然而我也不能太随意，在那很陡峭的沙坡上挖下坑，再给坑里回填上肥沃的一筐黄土，以便它能扎根。我相信，在这一堆黄土里扎下根来，它就可能再把它的根一寸一寸一尺一尺地伸向沙层。

当这一批指头粗细的小洋槐绽出绿叶的时候，我又忍不住浮想联翩。一束一束鲜嫩的绿枝绿叶婷婷于沙坡上，一种最悠远的古老和新近的现实联结起来了，骷髅和新生的血脉勾连起来了，生命的苍老和生命的鲜嫩融合起来了……无法推演无法判断家族悠远的历史，是一个从哪儿来的什么样的人在这里落脚或者可能是落草？最先是在山坡上挖洞藏身还是在河滩上搭置茅草棚？活着的最老的一位老汉只记得这个家族出过一位私塾先生，"字写得跟印出来的一样"。这位先生可能是近代以来家族中最伟大的一位，因为后人只记着他和他的字并引以为骄傲……整个家族的历史和记忆全部湮没了，只有一位先生和他写的一手好毛笔字的印象留传，家族没有湮没的竟然只是一个会写字的先生。

洋槐很快就显出了差异,栽在坡根下有黄土的一株独占优势水肥,越往高处的树苗就逐渐生长缓滞了,尤其是最顶头的那一株,在抽出最初的几片叶子之后便停止生长了。直到随之而来的伏旱,我终于惊讶地发现它的叶子蔫了。我想如果再旱下去,不过三五天它就会死亡,便提了半桶水爬上坡顶,那次倒下去像倒入一个坑洞,然而那叶子就在眼皮下重新支棱起来了……这株长在最高处也是沙层最厚的地方的洋槐苗子,终究无法蓬勃起来。几年过去,最下边的那棵已经粗到可以做椽子了,而它却仍然只有指头粗细。那里没有水,它完全处于饥渴之中。在濒临旱死的危亡时刻,我才浇给它半桶水,而且每次都要累出我一身汗。然而它毕竟活下来了。

活下来就是胜利。它和其他十余棵洋槐苗子并无任何差异,在我从山野把它们挖回来移栽到我家后坡上的时候,它们自身仍然没有任何差异,只是我移栽的生存条件发生了巨大的差别,它们的命运才有了天壤之别。最下边的坡根下完全植根于肥沃土壤的那一株自然很欢势,我也最省事,从来也没给它浇过一滴水。而最上边的那一棵生存最艰难,我甚至感伤无意或者说随意选中它植于这块缺水缺肥几乎没有生存条件的地方真是亏待了它,把它给毁了,它未来也应该有长成一棵大树的生存权利的。然而它也给我以启迪，使我理解到一种生命的不甘灭亡的伟大的顽强。

这个启示是前年初夏又加深了的。那些洋槐已经成为一片林子，它们的各种形态的树冠在空中互相交接，形成一个巨大的绿盖，把那史前沉沙严密地覆盖起来，那沉沙上也逐年落积了一层或薄或厚的黄土，各种耐旱的野草已形成植被，只有少许几坨地方像秃疤裸露。5月初，我的后坡上便爆出一片白雪似的槐花，一串串垂吊着，蜜蜂从早到晚都嗡嗡嘤嘤如同节日庆典。那悠悠的清香随着微微的山风灌进我的旧宅和新屋，灌进大门和窗户，弥漫在枕头床被和书架书桌纸笔以及书卷里。我不想说沉醉。我发觉这种美好的洋槐花的香气可以改变人的心境，使人从一种烦躁进入平和，从一种浮躁进入沉静，从一种黑暗进入光明，从一种龌龊进入洁净，从一种小肚鸡肠的醋意妒气引发的不平衡而进入一种绿野绿山清流的和谐和微笑……尤其是我每每想到这槐香是我栽植培育出来的。

最上边的那一棵没有开花。我根本没有对它寄托花的期望，它能保住生命就很不容易了，它保存生命所付出的艰辛比所有花串儿繁密的同族都要多许多。前年春天我回家去，我惊喜地发现它的朝着东边的那根枝条上缀着两朵白花,两朵距离很大而不能串结成串儿的花。我的心不由得微微悸动了,为了这两朵小小的洋槐花而悸颤不止。它终于完成了作为一种洋槐树的生命的全过程,扎根,绿叶,青枝和开花,一种生命体验的全过程,而且对生存的艰难生存的痛苦的体验最为深刻。我俯身低头亲吻了这两朵小花,香气不逊于任何别的一树。

每有风起,这片洋槐组成的小森林便欢腾起来,绿色的树冠在空中舞摆,使我总是和那海波海涛联系起来。是的,绿色的波涛汹涌回旋千姿百态风情万种,发出低吟响起长啸以至呐喊,都使我陷入一种温馨一种激励一种亢奋。每有骤雨降临,更有一种呼啸和喧哗,形成一种翻江倒海的巨声,使人感到恐怖的同时又感到一种伟力。那风声雨声和整个村庄的树木群族不可分割地融汇在一起。每当风和日丽,我在写作疲惫时便走出后院爬上后坡,手抚着那已经粗糙起来的树干倚靠一会儿,或者背靠大树坐在石头上抽一支烟,便有一种置身森林的气息。旱薄荷依然有薄荷的清香,腐烂的落叶有一股腐霉的气味。我的小森林所形成的绿色的风,给我以生理和心理的调节;而这种调节却是最初的目的里所没有的。

火晶柿子

我喜欢柿树。柿子好吃，这是最主要的因由。柿树不招虫害，任何害虫病菌都难以近身，大约是柿树特有的那种涩味构成了内在的天然抗拒，于是便省去了防虫治病的麻烦，也不担心农药残留的后患。柿树又很坚韧，几乎与榆槐等柴树无异，既不要求肥力和水分，也不需要任何稍微特殊的呵护。庭院里可以栽植，水肥优良的平川地里可以茁壮，土瘠水缺的干旱的山坡上、硷畔上同样蓬蓬勃勃，甚至一般柴树也畏怯的红石坡梁上，柿树仍可长到合抱粗。按照习惯或者说传统，几乎没有给柿树施肥浇水的说法。然而果实柿子却不失其甘美。

在柿树家族里，种类颇多。最大个儿的叫虎柿，大到可称出半斤。虎柿必须用慢火温水浸泡，拔去涩味儿，才香甜可口。然慢火的火功和温水的温度要随机变换，极难把握，稍有不当就会温出一锅僵涩的死柿子，甭说上市卖钱，白送人也送不出去。再说这种虎柿还有一个致命的弱点，不能存放，温熟之后即卖即食，隔三天两日尚可，再长就坏了，属于典型的时令性水果。还有一种民间称为义生的柿子，个头也比较大，果实变红时摘下，搁置月余即软化熟透，味道十分香甜。麻烦的是软化后便需尽快出手，或卖钱或送亲友或自家享受，稍长时间硬皮儿崩裂柿汁流出，不可收拾，长途运送都是比较难以解决的问题。再有一种名曰火罐的柿子，果实较小，一般不超过半两，尽管味道与火晶柿子无甚差异，却多核儿，所以不被钟爱，几乎遭到淘汰而绝种，反正我已多年不见此物了。只有火晶柿子，在柿树家族中逐渐显出优长来，已经成为独秀柿族的王牌品种了。

火晶，真是一个热烈而又令人富于想象的名字。火是这种柿子的色彩，单一的红，红的程度真可以用"红彤彤"来形容来喻示。我在骊山南麓的岭坡上见到过那种堪称红彤彤的景观，一棵一棵大到合抱粗的柿树，叶子已经落光掉净了，枝枝丫丫上挂满繁密的柿子，红溜溜或红彤彤的，蔚为壮观，像一片自燃的火树。火晶的名字大约由此而自然产生，也就无须阐释或猜想了。把火的色彩与晶字联结起来，便成为民间命名的高雅一种，恐怕只有民间的智者才会创造出这样一个雅俗共赏的柿子的名字来。

火晶柿子比虎柿比义生柿子小，比火罐柿子大，个重两余，无核。在树上长到通体变成橙黄时摘下来，存放月余便软化熟透，尤其耐得存放，保管得法的农户甚至可以保存到春节以后，仍不失其新鲜甘美的原味。食时一手捏把儿，一手轻轻掐破薄皮儿，一撕一揭，那薄皮儿便利索地完整地去掉了，现出鲜红鲜红的肉汁，软如蛋黄，却不流，吞到口里，无丝无核儿，有一缕蜂蜜的香味儿。乡间小贩摆卖火晶柿子的摊位上，常见蜜蜂"嗡嗡"盘绕不去，可见诱惑。

关中盛产柿子，尤以骊山为代表的临潼的火晶柿子最负盛名。一种名果的品质决定于水土，这是无法改变的常识。我家居骊山之南，白鹿原原坡之北，中间流着一条倒淌河灞水，形成一条狭窄的川道，俗称灞川，逆水而上经蓝田约五十里进入王维的辋川。由我祖居的老屋涉过灞水走过平川登上骊山南麓的坡道，大约也就半个小时。水土和气候无大差异，火晶柿子的品质也难分上下，然而形成气候形成品牌的仍然是临潼。

诺罗敦·西哈努克亲王携妻引子到西安，参观兵马俑往来的路上，王子发现路边有农民摆的火晶柿子小摊，问及此果，陪随人员告之。回到西安下榻处，有心的接待人员已经摆放好一盘经过精心挑选的火晶柿子，并说明吃法。王子生长在热带，未见过亦未吃过北方柿子并不足怪，恰是这种中国关中的火晶柿子令其赞赏不绝，直到把一盘火晶柿子吃完，仍然还要，不管斯文且不说了，连陪随人员的劝告（食多伤胃）也任性不顾。果然，塞了满肚子火晶柿子的王子到晚上闹起肚子来，引起各方紧张，直接报告北京有关领导，弄出一场虚惊。王子虽然经历了一个难受的夜晚，离开西安时仍不忘要带走一篮火晶柿子。

这个真实的传闻流传颇广。在关中普通到不能再普通的柿子，竟然上了招待外宾的果盘，而且是高贵的王子，确实令当地人始料不及。想来也不足奇，向来都是物以稀为贵的。20世纪80年代中期，我到与临潼连界的蓝田县查阅县志时发现，清末某年，关中奇冷，柿树竟然死绝了。我得到一个基本常识，柿树原来耐不得严寒的。但那年究竟"奇冷"到怎样的程度，却是无法判断的，那时怕是连一根温度计也没有。到20世纪90年代头上，我在原下的祖屋写作《白鹿原》的时候，这年冬天冻死了一批柿树，我至今记得这年冬天的最低温度为摄氏零下十四度，持续了大约半月左右，这是几十年来西安最冷的一个冬天。村子里许多农户刚刚挂果的葡萄统统冻死了，好多柿树到春末夏初还不发芽，人们才惊呼柿树被冻死了。我也便明白,清末冻死柿树的那年冬天"奇冷"的程度,不过是零下十几度而已。

编志人在叙述"奇冷"造成的灾害时,加了一句颇带怜悯情调的话,曰:柿可当食。我便推想,平素当作水果的柿子,到了饥馑的年月里,就成为养生活命的吃食了。确凿把柿子顶做粮食的事发生在20世纪60年代初的"三年困难"时期,及十年"文化大革命"之中,临潼山上的山民从生产队分回柿子,五斤顶算一斤粮食。想想吧,作为口福消遣的柿子是一种调节和品尝,而作为一日三餐的主食,未免就有点残酷。然而,我又胡乱联想起来,被当地山民作为粮食充饥的柿子,在西哈努克的王子那里却成为珍品,可见人的舌头原本是没有什么天生贵贱的。想到近年某些弄得一点名堂的人,硬要做派出贵族状,硬要做派出龙种凤胎的不凡气象,我便担心这其中说不准会潜伏着类似火晶柿子的滑稽。

我在祖居的屋院里盖起了一幢新房,这是80年代中期的事,当时真有点"李顺大造屋"的感受。又修起了围墙,立了小门楼,街门和新房之间便有了一个小小的庭院。我便想到栽一株柿树,一株可以收获火晶柿子的柿树。

我的左邻右舍及至村子里的家家户户,都有一棵两棵火晶柿树，或院里或院外；每年10月初，由绿色转为橙黄的柿子便从墨绿的树叶中脱颖而出，十分耀眼，不说吃吧，单是在屋院里外撑起的这一方风景就够惹眼了。我找到内侄儿，让他给我移栽一棵火晶柿子树。内侄慷慨应允，他承包着半条沟的柿园。这样，一株棒槌粗的柿树便植栽于小院东边的前墙根下，这是秋末冬初最好的植树时月里做成的事。

这株柿树栽下以后，整个前院便生动起来。走出屋门，一眼便瞅见高出院墙沐着冬日阳光的树干和树枝，我的心里便有了动感。新芽冒出来，树叶日渐长大了，金黄色的柿花开放了，从小草帽一样的花萼里托出一枚枚小青果，直到缀满枝丫的红灯笼一样的火晶柿子在墙头上显耀……期待和祈祷的心境伴我进入漫长的冬天。

20世纪50年代初我读小学时，后屋和厦房之间窄窄的过道里有一株火晶柿树，若小碗口粗，每年都有一树红亮亮的柿子撑在厦房房瓦上空。我于大人不在家时，便用竹竿偷偷打下两三个来，已经变成橙黄的柿子仍然涩涩的，涩味里却有不易舍弃的甜香。母亲总是会发现我的行为，总是一次又一次斥责，你就等不到摘下搁软了熟了吗？直到某一年，我放学回家，突然发现院里的光线有点异样，抬头一看，罩在过道上空的柿树的伞盖没有了，院子里一下子豁亮了。柿树被齐根锯断了。断茬上敷着一层细土。从断茬处渗出的树汁浸湿了那一层细土，像树的泪，也似树的血。我气呼呼问母亲。母亲也阴郁着脸，告诉我，是一位神汉告诫的。那几年我家灾祸连连，我的一个小妹夭折了，一个小弟也在长到四五岁时夭亡了，又死了一头牛。父亲便请来一个神汉，从前院到后院观察审视一番，最终瞅住过道里的柿树说：把这树去掉。父亲读过许多演义类小说，于这类事比较敏感，不用神汉阐释，便悟出其中玄机，"柿"即"事"。父亲便以一种泰然的口吻对我说，柿树栽在家院里，容易生"事"惹"事"。去掉柿树，也就不会出"事"了。我的心里便怯怯的了，看那锯断的柿树茬子，竟感到了一股鬼气妖氛的恐惧。

没有什么人现在还相信神汉巫师装神弄鬼的事了，起码在"柿"与"事"的咒符是如此。因为我的村子里几乎家家户户的院里门外都有一株或几株柿树。人在灾变连连打击下便联想到神的惩罚和鬼的作祟，这种心理趋势由来已久，也并非只是科学滞后的中国乡村人独有，许多民族，包括科学已很发达的民族也颇类同，神与鬼是人性软弱的不可避免的存在。我在前院栽下这棵柿树，早已驱除了"柿"与"事"的文字游戏式的咒语，而要欣赏红柿出墙的景致了。漫长的冬天过去了。春风日渐一日温暖起来。我栽的柿树迟迟不肯发芽。

直到春末夏初，枝梢上终于努出绿芽来。我兴奋不已，证明它活着。只要活着就是成功，就有希望。大约两月之后，进入伏天，我终于发觉不妙，那仅仅长到三四寸长的幼芽开始萎缩。无论我怎样浇水，疏松土壤，还是无可挽回地枯死了。

这是很少有的现象，我喜欢栽树，不敢说百分之百成活，这样的情况确实极少发生。这株火晶柿子树是我尤为用心栽植的一棵树，它却死了。我久久找不出死亡的原因，树根并无大伤害，树的阴阳面也按原来的方向定位，水也及时适度浇过，怎么竟死了呢。问过内侄儿。他淡淡地说，柿树是很难移栽的，成活率极低。我原是知道这个常识的，却自信土命的我会栽活它。我犯了急功近利轻易求取成功的毛病，急于看到一棵成景的柿树。于是便只好回归到最老实之点，先栽软枣苗子，然后嫁接火晶柿子。

一种被当地人称作软枣的苗子，是各种柿树嫁接的唯一的砧木。软枣生长十分泼势，随便甚至可以说马马虎虎栽下就活了。我便在小院的西北角栽下一株软枣，一年便长到齐墙的高度。第二年夏初，请来一位嫁接果树的巧手用俗称热粘皮的芽接法一次成功，当年冒出的正儿八经的火晶柿子的新枝，同样蹿起一人高。叶子大得超过我的巴掌，新出的绿色的杆儿竟有食指粗，那蓬勃的劲头真正让我时时感知初生生命的活力。为了防止暴风折断它的尚为绿色的嫩杆，我为它立了一根木杆，绑扶在一起，一旦这嫩杆变成褐黑色，显示它已完全木质化了，就尽可放心了。我于兴奋鼓舞里独自兴叹，看来栽成树走捷径还是不行的。这个火晶柿子树的起根发苗的全过程完成了，我也就留下了一棵树的生命的完整印象，至今难以忘怀。

这株火晶柿树后来就没有故事了。没有虫害病菌侵害，在院里也避免了牛马猪羊的骚扰，对水呀肥呀也不讲究，忽忽喇喇就长起来了，分枝分杈了，长过墙头了，形成一株青春活力的柿树了。这年冬天到来时，我离开久居的祖屋老院迁进城里去，一年难得回来几次。有一年回来正遇着它开花，四方卷沿的米黄色小花令人心动，我忍不住摘下两朵在嘴里嚼着咽下，一股带涩的甜味儿，竟然回味起背着父母用竹竿偷打下来的生柿子的感觉。

今年春节一过，我终于下定决心回归老家，争取获得一个安静吃草安静回嚼的环境。我的屋檐上时有一对追逐着求偶的"咕咕咕"叫着的斑鸠。小院里的树枝和花丛中常常栖息着一群或一对色彩各异的鸟儿。隔墙能听到乡友们议论天气和庄稼施肥浇水的农声。也有小牛或羊羔蹿进我忘了关闭的大门。看着一个个忙着农事、忙着赶集售物的男人女人毫不注意修饰的衣着,我常常想起那些高级宾馆车水马龙衣冠楚楚口红眼影的景象。这是乡村,那是城市,大家都忙着,大家都在争取自己的明天。

我的柿树已经碗口粗了。我今年才看到了它出芽、开花、坐果到成熟的完整的生命过程。10月初,柿子日渐一日变得黄亮了,从浓密的柿树叶子里显现出来,在我的墙头上方,造成一幅美丽的风景。我此时去了一趟滇西,回来时,妻子已经让人摘卸了柿子。

装在纸箱里的火晶柿子开始软化。眼见得由橙黄日渐一日转变为红亮。有朋自城里来,我便用竹篮盛上,忍不住说明:这是自家树上的产物。多路客人无论长幼无论男女,无不惊叹这火晶柿子的醇香,更兼着一种自家种植收获的乡韵。看着客人吃得快活,我就想起一件有关火晶柿子的轶趣。某年参加一个笔会,与一位作家朋友聊天,他说某年到陕西参观兵马俑的路上品尝了火晶柿子,尤感甘美,临走时又特意买了一小篮,带回去给尚未尝过此物的南方籍的夫人。这种软化熟透的火晶柿子稍碰即破,当地农民用剥去了粗皮的柳条编织的小篮儿装着,一层一层倒是避免了挤压。他一路汽车火车,此物不能装箱,就那么拎着进了家门,便满怀爱心献给了亲爱的夫人。揭开柳条小篮,取出上边一层红亮亮的柿子,顿觉情况不妙,下边两层却变成了石头。可以想象他的懊丧和生气之状了。事过多年和我相遇聊起此事,仍然大气难抑,末了竟冲我说,人说你们陕西人老实,怎么这样恶劣作假?几个柿子倒不值多少钱,关键是让我几千里路拎着它,却拎回去一篮子石头,你说气人不气人?这在谁都会是懊丧气恼的,然而我却调侃道,假导弹假飞船没准儿都弄出来了,陕西农民给柿篮子里塞几块石头,在中国蓬蓬勃勃的造假行业里,只能算是启蒙生或初级水平,你应该为我的乡党的开化而庆祝。朋友也就笑了。我随之自我调侃,你知道我们陕西人总结经济发展滞后的原因是什么吗?不急不躁,不跑不跳,不吵不闹,不叫不到,不给不要,所谓关中人的"十不"特性。所以说,一个兵马俑式的农民用当地称作料僵石(此石特轻)的石头冒充火晶柿子,把诸如我所钦敬的大城市里的名作家哄了骗了涮了一回,多掏了他几枚铜子,真应该庆祝他们脑瓜里开始安上了一根转轴儿,灵动起来了。

玩笑说过也就风吹雨打散了。我却总想着那些往柳条编的小篮里塞进冒充火晶柿子的石头的农民乡党，会是怎样一种小小的得意……

/种菊小记/

朋友在一家公园供职，前年送我几盆花色各异的菊花，我大为惊讶，人工竟然能培养出这样争奇斗妍的花色品种来。

花谢之后，我便将盆栽菊花送回乡下老家，移栽到小院里。一来是偷懒，免得时时操心旱涝，也少去了天天或隔天浇水的麻烦，土地里毕竟要比花盆耐得伏旱。二来是出于性情，我更喜欢那些自发自然自由生长的原生形态的草木，向来不大欣赏那种栽剪得太规整的东西，包括盆栽花木，尤其不忍心观赏那些被人为地扭曲到奇形怪状的盆景，总是产生欣赏女人小脚的错觉。这样，这几盆菊花一旦移栽到小院的泥土里，便被迫还原为野生形态，任由其发芽、长茎，任由其倒伏在地上。秋来时花儿开了，白色的更显得白，紫色的更显得紫，抽丝带钩的花瓣更显得生动。只是比原先的花要小许多了。小点就小点吧，少了修饰的痕迹，看起来我倒觉得更顺眼。

种菊小记

今年清明前,妻子去了一回城乡交界处死灰复燃了的古庙会,买了几团菊花的根,同样栽在小院里,一视同仁,一任其自由发展,只是不知道这几种菊花是何品种,开什么形状的花色。一团团的花根埋到地下,也就埋下了一团团的花谜,看着蓬勃起来的叶子和茎秆,常常就有揭开谜底的期待。我在这些菊花旱得叶子发蔫时,便用井水浇个透湿浇个痛快,便可耐得多日高温。入秋后一场阴雨,原有的新栽的菊花秆茎全都匍匐到地上,扑倒在院中的路径边沿,我也不想扶起它。有乡友来,建议并出主意,弄几根竹棍或树枝,把菊花枝秆儿绑扶起来。我口头应诺,却仍未实施,心里想着,它自己长得太疯太软,它自己撑持不住要扑倒在地,何必要我扶绑。再说铺地的菊花开了,当会是另一种风情,也许呢。

前不久有一次时日不长的外出。回到原下的小院时,映入眼帘的却是一片惹人的金黄,黄得那么灿烂,黄得那么鲜嫩,又黄得那么沉静,令我抑止不住心颤。记得离家时,这一丛丛古庙会上买来的菊花已呈现出繁密的骨朵花苞,我以为花期尚早,因为暑气洇热还在,起码也应在野菊花之后,不料,它率先开了,这一丛菊花的谜就这样揭开,金色铺地,花团锦簇,一团一团的金黄的花朵任性开放,直教我左看右看立着看蹲下看不忍离去。

看到这一丛铺地盛开的菊花，金黄金黄的颜色，脑海里便浮出黄巢那首广为流传的《咏菊》的诗来。说真话，我记着这首诗，却不喜欢这首诗。从表征意义上，我不赞同"我花开罢百花煞"的狭隘小气。如果真应了黄巢的心愿，百花煞尽，只存留菊花，这世界就太单调太孤清了。不光在我不能忍受，恐怕任何正常的人都会不堪的。黄巢的咒语自己未能实现，却在千余年后的"文化大革命"中发生了，中国文坛百花煞尽，只准存活八个样板戏。搞到一花独放独尊，肯定会出麻烦，肯定长久不了的。从这首诗的深层说，黄巢不过是以菊花自喻，隐含着称王称霸的政治抱负。联想到刚刚做了皇帝的李自成的胡来，以及尚未完全称帝的洪秀全和他的诸王们的胡整，黄巢即使做了皇帝，肯定也强不到哪儿去。只有菊花是无辜的，向来被有风骨的文人学士暗喻明恋地作为傲霜独立品行的一种花，无端地被称帝当王心切的黄巢拉出来称了一回霸，连柔嫩可人的花瓣也被拟化为黄金盔甲。

昨日傍晚，阴霾初开，夕阳在云缝中乍泄乍收。我走出小院，走上村后的原坡，野花凄迷，蚱蜢起落，树青草也绿着，却已分明是秋的景致了。山沟里，坡坎上，一簇簇一丛丛野菊花已经含苞，有待绽放。往昔的记忆中，这山野间的菊花一旦开放，满山遍野都是望不断的金黄，我家小院里的那一丛无法比拟，任何花园里的娇生惯养的公主般的同类也是无法比拟的。那种天风地气所孕育的野菊花，其气象其烂漫其率真，都是人工或小院所难以为之的。

作菊花诗两首，以释怀，以备忘。

其一　家菊

含露凝香铺地开，小院金菊报秋来。

秋风秋雨秋阳好，顿生诗情上高崖。

其二　野菊

何事争春斗妍态，不与桃杏一时开。

伏花凋谢香色去，抖出遍山黄花来。

孔雀该飞何处

/为城墙洗唾/

多年以来，在涉及关中人乃至陕西人现状特质的讨论中，零零散散却不绝于耳的一种说法，是封闭。标志封闭的象征物，不约而同指向了西安保存完好的古城墙。文雅者冠以"城墙思维"、"城墙文化"，等等，形象思维者更显出想象的丰富，把城墙比喻为"猪圈"，"里边生活着一群猪"。后一种说话尽管有点自我作践自我受虐的残酷，而其意思却与前一种文雅的提法英雄所见略同。后者为前者的注释。

我赞同封闭的说法。我却不敢苟同只有关中人乃至陕西人封闭的观点。大清帝国治下的中国整个是封闭。改革开放以前的中国也是铁板一块的封闭。大的历史和现实的背景，是一个国家整体的封闭，不独某一方地域。思想解放兴起二十多年来，还把造成关中人陕西人思想封闭的渊源指向一个古物城墙，是否同时也泄漏出当代人思维的浅薄乏力和随意性？

我所知道的史实，重要的有这样几个，西安是响应辛亥革命且完成"反正"最早的几个城市之一。陕西的共产党人在陕西传播共产主义几乎与全国同步。陕西农民运动开展的广泛和深入程度只次于湖南,仅蓝田一个县就有八百多个村庄建立了农民协会,缺憾在于没有人写这场大革命运动的"考察报告"。

"西安事变"怎么看都是扭转中国局势的大手笔。且不说毛泽东和党中央在延安的十三年这样任人皆知的史实了。我便简单设问:在这些标志着中国现代史的重要历史阶段,西安、关中乃至陕西人的举动都毫无疑义地显示着最新思维最新观念和最果决的行动,城墙把哪一位先驱者封闭捂死了?怎么会把改革开放以来的封闭的渊源,突然瞅中了古城墙?

民间俗谚曰:婆娘不生娃,怪炕栏子太高。陕西经济发展滞后,肯定有至关致命的几条原因,恐怕不单是一个陕西人思想封闭所能了结。而造成思想封闭的因素也可能归结出几条,起码不会在城墙上头。用流行语说来,不是城墙惹的祸。

研究关中和陕西人的地域性特质,在现代化进程中强化其优势,减弱以至排除其劣势,是一个科学而又严肃的课题,对陕西走向繁荣和文明具有切实的意义。而图省力气的简单索象图解式的随意性,可能反而帮了倒忙,更不要说朝城墙上吐唾沫的撒气卖彩式言词了。

粘面的滑稽

一碗粘面,喜气洋洋;没有辣子,嘟嘟嚷嚷。

这是流传颇广的民间文学里的几句。与诸如陕西"八大怪"一样,以形象生动风趣幽默的韵词儿,描画出陕西(主要指关中)人独特奇异的生活风情,颇见民间智慧。内容基本客观写真,没有夸张失实,也没有褒贬的倾向。说者一乐,听者亦一乐;外省人说着逗乐,陕西人也自娱自乐说着,谁也不在意。

然在一些正经媒体正经场合,被人很正经地用来作为陕西人思想保守不求进取的例证,进而引申到影响经济快速发展的重要原因这样严肃重大的命题上,我不敢完全相信,不禁反问,这样的原因可靠么?

就我所知,即使比较富庶的关中,人们能喜气洋洋吃到一碗粘面的日子,仅仅也只是农村实行责任制以后这二十年的事,之前作为公社社员的农民是把粘面作为待客的豪华饭食的,在"万恶的旧社会"就更不必说了。可见关中人并不具备满足于一碗粘面的先天性惰性。再说，黄河以北的大半个中国，人多以五谷杂粮为生，也都以一碗白面为上好食品，为什么山东人河北人北京人没有因为吃粘面（他们称捞面条或干面条）而保守起来，唯独是关中人抱着一碗面条就变得满足了、不思进取了？

总不会是关中的小麦与山东河北的麦子有质的差别吧！

似乎还隐约着一层言外之意，以面食为生的关中人，不及以大米为主食的南方人脑瓜聪明灵活，自然影响到思维，也影响到经济发展。小麦和大米在所含营养成分上谁优谁劣差异多大，其实在这个话题里失去了对比的意义。稍微具备常识的人都知道，欧洲和北美人多以面包为主食，面包是用小麦为原料而不是以大米为原料的，似乎并没有妨碍他们作为世界经济最发达地区的人的大脑结构和思维方式。影响一个地区人的群体性思维方式和观念新旧的关键性因素，可能有好多条，在我看来至关重要的一条，是眼睛看取了什么脑袋里装进了什么，而不是嘴巴吃进去什么。

既然作为一个地域经济发展这样至关重大的命题，讨论者最根本的立足点是严肃，是言之有据，是对可靠的"据"的科学论证，之后才可能找到制约经济发展的途径。某些浮皮潦草某些华而不实的说词，不仅挠不着痒处,反而可能造成误导,贻误时机。甚而连关中人选择吃食(比如粘面)的自信心都没有了。

实践的灵魂是探索。"摸着石头过河"就是科学的探索精神。人们能理解能宽容探索过程中必不可缺的失误,却不能接受诸如以一碗粘面给关中人把定脉象的滑稽。

/遥远的猜想/

在关涉陕西人地域性特质的讨论中,有一种说法叫"中心情结"。即对曾经作为历史上或大或小十三个王朝国都的政治经济中心位置,陕西人尤其是西安人至今怀有挥之不去的深层眷恋,而且形成了某种"情结",而且因为不能失而复得便走向心理负面,产生了"失落感"。

以史实推理和心理分析来说,颇觉像那么回事。小王国小朝廷的小国都且不说了,单是作为周秦汉唐这四个在中国漫长的文明史中,赫赫然有声有色的王朝的国都的子民,其光荣其自豪乃至自大都是自然的合理的,失去了国之首都也失去了"中心位置"的眷恋和失落感也是常情之必然。然而,拿这个推论来把脉今天的陕西人和西安人,敢信么?

创造过繁荣和鼎盛的唐王朝,是公元907年瓦解终结的,距今已有一千零九十六年,几乎接近十一个世纪了。十一个世纪里的整个世界发生了怎样翻天覆地的变化，一时难以述说；十一个世纪时空里的中国变幻了多少王朝的兴衰，也难以述说；一百年来的中国一百年来的陕西和一百年来的西安，发生了怎样惊心动魄的变化，却是清晰可见的。一千余年后的陕西人（尤其是西安人），还被一个皇都的"中心情结"苦苦纠缠，还陷入在酸溜溜的"失落"情绪里，难以了结难以"尘埃落定"，要不是陕西人西安人心理变态，那就是这个"中心情结"的绵绵之力顽固之功胜过毒瘾，以至生活在这块土地上的一代一代子孙，都化解不开丢弃不掉戒除不净一个想当中国中心的情结……我是觉得此说未免太玄乎了。

小时候听村里人们把进西安城叫"去大堡子"。西安在乡民的眼里，不过是比他们自己生活的堡子大了一点罢了。虽然有些调侃有点轻蔑也有点自大，却也较为生动地透视出上世纪40年代末西安的大概状况。一个凋敝到只配用较大的堡子来称谓的古城的子民，不操心养老扶幼不算计柴米油盐不设防劫匪小偷，亦不关注政权变更不闻不问频频发生的运动不在乎上岗下岗，唯独醉心于那个一千年前"中心"位置的虚幻，如果不是西安人自己活受罪，当是文化人太过遥远的猜想。

文化既可以是深邃的视镜，也是文化人可以自信可以自恃的"一杖"。眼见的事象,文化已变成了一只时兴的"热狗",爱吃不爱吃都想品咂一下味道;文化可以成为唬人的巫词咒语,还能变异为包治百病包兴百业的膏药。随便贴一贴作为装潢作为广告哪怕作为幌子,其实也无大碍也无大伤。只是在面对一方地域群体性人群的心理秩序把脉时,切忌不着边际的联想,遥不相及的推理,不仅于心理秩序的实际相去甚远,也会把文化这根颇为神圣的"杖"弄得轻薄了。

孔雀该飞何处

"刚到西安,我就听说这儿大批人才流到沿海城市,称作'孔雀东南飞'。请问西安为什么会形成这种现象?"

这是三天前一家南方电视台记者开口就提出的一个问题。我在正面回答之前,先提出另一个例证:"其他领域我不敢断言,贵省的文学界我稍知一二,是一个公认的文学大省,有一批出类拔萃的作家。自上世纪80年代后期以来,最具影响的几位作家,有的移居北美,有的迁居北京,有的转移到广州,更有一批集中飞到海南,几乎把海南作协变成贵省作协的一个分会。这些堪为文坛上的孔雀满世界散飞,能否称为'贵省现象'?首先要纠正的是,'孔雀东南飞'的现象,不是西安一家,贵省亦如是。"

小记者被我提供的基本确凿的事实堵住了嘴,有点措手不及。我当即为她解围,这既不是我和她抬杠,也不是为西安护短;西安和贵省发生的"孔雀东南飞"

的现象,其实是全国都在发生的普遍现象,甚至可以说是一个世界现象。

在经济发展业已形成巨大差异的东部和西部,沿海与内地,相对滞后的内地和西部的各类身怀一技之长的人,向东部和沿海经济更发达的地区流动,是一个不可逆转的普遍现象;即使在西部或内地发展滞后的一省范围内,也存在中小城市里的人才朝省会城市流动集中的趋势;在世界格局里,落后地区和欠发达国家的人才,朝西欧和北美这些发达国家流动,已是不争的事实。怎么会是西安独有的现象呢? 误传了。

这种现象,常见的解释有二,一是寻求能充分发挥自己智慧和能量的物质条件,比如先进的实验设备和较为充裕的资金。二是和谐和单纯的心理空间,不至于把智慧和创造力消磨在蝇营狗苟的龌龊之中,而能使智慧和心劲专注地投入到发现和创造中去。这当然是有能力也有抱负的人,在省内在国内甚至在世界范围里流动的关键原因。然而,还有一条隐伏的说来不大冠冕堂皇却更趋本能的原因,便是报酬多与少、收益薄与厚的较为悬殊的差别。

还是民间富于生活哲理的谚语来得明快:人总是挑白馍大馍吃。我对小记者说,干同一个项目,在敝省和贵省只能吃上黑馍和小馍,在深圳在上海却可以吃上白馍大馍，在纽约在温哥华在巴黎更可以吃上面包和牛排，而且项目试验的设备、条件、环境、资金更完备，这种人才流动的地域现象国内现象乃至世界现象，就很难在短期内扭转。君不见，即使在中国经济最发达、个人收入最惹眼的地区，仍然有许多人才流向北美、西欧和东邻日本……

孔雀该飞何处，该栖哪条枝上，这个自主权在孔雀们自己权衡与斟酌。

乡谚一例

关中乡村和中国南方北方的乡村一样，流传着许多谚语俗话民谣。因为历史文化地方风情尤其是方言的差异，这些乡谚也有差异。然而更多的是内蕴上的类同，相同的意思各有各的方言表述形式。关中是一个历史文化沉淀尤为丰厚的地区，即使乡间也是文化和教育相对发达的地区，乡谚等特别丰富。

我生在乡间长在乡间工作在乡间，自打能解知人言，便接受这类民间文学的灌输，只是不太留意，也不太在乎。原因在于"崇洋迷古"，以为中国的外国的书籍上的东西才是知识，民间谚语一类是登不得大雅之堂的。近年间也不知何种因素驱使，竟想到许多谚语是很了不起的大智慧大学问，乃至大哲理。在庞杂的谚语词汇里，有讽时喻世的，有乡风民俗的，有天光地貌气象变幻的，农耕时令和农耕技巧的，几乎无所不包。我更感兴趣的是那些概括生活现象社会现象极富哲理的谚语。因为不是专指一时一事，也就不因时迁事变而销匿；在一定意义上归结出生活的某些规律，因而一代一代传遗，经久不衰。

仅举一例，也是最通俗易明的一例。"狗狂一摊屎，人狂没好事。"乡间的狗是吃屎的，常为得到一堆屎而疯狂。隐喻到人却是反意，疯狂是没有好结果的，乃至死。"屎"与"死"在关中方言里为谐音。小时候玩到癫狂状态，母亲就会掷出这句话警告。话音未落，我已经从楼梯上摔下来了，或者是疯跑到折不住身栽到深沟里去了。然仍不长记性，也不在乎这粗俗的谚语。我后来读到一句流行欧洲的谚语，"上帝想让谁灭亡，先使其疯狂。"甚为惊喜，欧洲民间和关中民间以谚语方式归结出来的生活哲理社会事象，竟如出一辙。

希特勒为一摊"屎"，何其疯狂乃尔！结局是"畏罪自杀"在地堡里。东条英机何等狂妄何等不可一世，结局是被吊死在国际法庭的绞索上。林彪江青之流横行"文革"，疯狂到无以复加的形态，结局也够惨了。萨达姆被美国士兵从乡村地窖里拖出来时的那副模样，我一眼就看出眼神里丧失了原有的"独气"和"横气"。这两种气色几十年来充盈着萨达姆的眼睛，直到他疯狂地出兵占领科威特，成为一个转折或灭亡前的先兆。

我又怀疑欧洲谚语了。上帝原本是个善的形象，不应也不会故意驱使某个人先疯狂再灭亡的。这条谚语用在上帝头上有失敬意。倒是关中民间的谚语更科学更经得住推敲，它把人群里的疯狂分子比喻为狗，把疯狂分子的反科学反生活规律的行为，比喻为疯狗的行为，似乎更恰切更得当，也更具可视性。

也说乡土情结

今年夏天,我随中国作家采风团从重庆乘游轮抵达湖北秭归,再转车到武汉,饱览长江两岸雄奇秀美的山光水色,畅美舒悦;沿途全迁或半迁的几座新县城一派新貌,令人叹为观止,流连不想离去。然而,每到一市一县,各家媒体采访的诸多问题里有一个问题却是共同的,即那些移民难以割舍的乡土情结,你如何看待。有的摆出移民男女扶老携幼举家迁移登上船头泪眼回望家园的照片,有的举例说,迁到上海崇明岛已经住上三层小楼的移民,仍然难以化释怀乡之情,甚至说:"我住到楼上离土地太远了。"我毫不迟疑地回答,我不敢怀疑这些图片和语言细节的真实性,但却不敢附和这种太过渲染的文人情怀。忍了忍,没有用矫情一词。

我的论据首先是我眼见的事实。沿着长江旅行的四天三夜里,两岸多为雄奇高耸的山峰和起伏无边的丘陵,在七八十度的陡坡上,散落着移民扔下的低矮残破的茅草房，一台一台窄小的如同划痕的梯田。即使毫无农村生活经验的人，恐怕也会想到在这种既破坏植被亦不适宜人类生存的险恶环境里，把这些数以百万计的山民迁移到生产生活条件更好一点的地方去，于长江生态有利，于这些固守大山的山民更是一次历史性的告别，子子孙孙都因此而改变命运了。对于照片上登船离去时回顾茅屋的一双双泪眼，我用另例来打趣，一批一批在中国生活和工作都很不错的人，移居到欧美，临别时在机场与家人分手时也难抑一眶热泪，然而并不能改变他们铁定的去意。至于已经住上三层楼房还要抱怨"离土地太远"的崇明岛那位移民，渲染这种太过矫情的话，还有什么意思呢！

一百多万祖祖辈辈困顿在长江两岸崇山峻岭里的贫苦农民，做梦也想不到会有机会迁出大山，定居在诸如崇明岛等较为优越的环境里，应该是沾了三峡工程的光。且不说各级政府的经济补助，不看这种改变子孙命运的历史性告别的本意，却以图片、文字渲染故土难离的泪眼，我把其称为"文人情怀"。

从人的本性上来说，总是寻求能有利于自己生存和发展的空间，总是从恶劣的环境趋向相对优越的环境。落后的贫穷的自然和社会环境较差的国家的子民，争相移居发达和文明的国家，是延续许多世纪的一个世界性现象，至今依然，离愁和分手的眼泪从来也没有阻挡这种流向。在中国，常常听别人说关中人抱着一碗干面不离家，乡土情结最重了，因而保守，因而僵化，因而不图创新，甚至因而成为陕西发展滞后的一个重要原因。我说，在中国范围内，恐怕再没有哪个地域的人比上海人恋乡情结更重了。本质的原因，在近代中国，上海是现代工业文明的首站，工作环境和生活水准高于优于其他各地，上海人离开上海走到中国任何地方，都是与优越的生存环境背向而行，未必纯粹是对故土的一份热恋情结。让我作出这种判断的一个事实是，在近年移民日本和欧美的中国人中，上海人占的比例尤大。为什么上海人移居西北某地和移居日本表现出对故土差别悬殊的怀恋情结呢？我依此而怀疑文人情怀中渲染的那个情结的可靠性；也怀疑关于人们对故地乡土的那份普遍存在的恋情，真的会成为一个地方经济发展的制约性藩篱。

在关于陕西或西安人的话题的讨论中，常见一些浮于表面缺乏鉴证而又十分具体的结论，甚至裹上了流行的新鲜名词。使我常常感到某种不敢踏实倚靠的滑溜，以及不着痛痒多属哗众而于事无补的空洞。想来也可释然，这种现象，其实不光发生在关于陕西人或西安人的讨论中，长江沿岸许多县市关于当地人的讨论中也有类似情况,譬如文人情怀驱使下对移民泪眼的热闹渲染,却无心关注移民们开始鼓胀的腰包和明亮的楼房里已经获得的舒悦。

两个蒲城人

许多年以来，我都被两个蒲城人感动着。一个是晚清军机大臣王鼎，一个是西北军首领杨虎城。鸦片战争时，王鼎对道光帝以死相谏；抗日战争时，杨虎城对蒋介石发动兵谏。在近百年里两次民族危亡的紧要关头，两个关中蒲城县人分别以死谏和兵谏的方式力挽狂澜，对于今天纷纷扬扬讨论着的关于关中人的话题，我来提供一个参照。

嘉庆帝时，王鼎历任工、吏、户、礼、刑各部侍郎，所谓"迭居五部"的重臣。到道光帝时，担任军机大臣整整十七年，直到自杀。他的政绩他的方略他的品格，短文不足叙，仅举他生前一二年内的几件大事和细节。王鼎力荐林则徐赴广东禁烟。林则徐被革职流放新疆，王鼎也被道光帝支使到开封封堵决口的黄河，他提出林则徐为治水助手，企图使林躲避流放苦役。年过古稀的王鼎拒绝豪华"宾馆"，把指挥大帐扎在施工现场，直到完工，裤裆里早已溃烂化脓。道光圣旨下来，林则徐继续发配伊犁。王鼎跺脚捶拳，仰天长叹，挥泪为林送别。

王鼎知道鬼捣在哪里。回到朝廷，与琦善、穆彰阿之流就形成白热化交锋。"每相见，辄厉声诟骂"。"斥为秦桧、严嵩"。诟骂大约类近臭骂。王鼎是否用了关中最普遍最解恨的那句"陕骂"，不得而知。无论这个老蒲城怎样斥责怎样羞辱怎样臭骂，穆彰阿却"笑而避之"。道光帝以"卿醉矣"来和一摊超级稀泥。王鼎之所以失控之所以猴急之所以开口动粗，在于道光帝早已视他为妥协政策的障碍和赘物了。王鼎几乎气疯了，当朝大叫"皇上不杀琦善无以对天下。老臣知而不言，无以对先皇帝"。竟而扯住道光龙袍不表态不许退朝……随之便以一条白练把自己吊到屋梁上，留下三条谏言："林不可废。琦、穆不可用。条约不可签。"

当着一群得宠的蛇鼠弄臣围着昏聩的皇帝出卖国家和民族的丑剧演到热闹处，一个把整个国家存亡和民族荣辱扛在肩上的关中蒲城人，我们怎么好意思叨叨喋喋他"生冷憎倔"也否？是吃粘面还是吃大米更先进也否？

杨虎城离我们时空较近，较之王鼎，"知名度"更高得多。正是这个蒲城人和东北军首领张学良联手，捶拳一呼，"把天戳个大窟窿"，捉了蒋介石，一举扭转了中国的格局。应该说，中国后来的历史进程和结局，就是从那一刻发生转机的。杨虎城兵谏比王鼎的死谏要有力得多，结局和效果也相差甚大，然而杨虎城的个人结局却更为惨，是他杀，而且同时被杀的还有妻和子，没有示弱没有变节。

王、杨二人是蒲城人，在其思想、精神、抱负和人格上有诸多共通的东西，无疑也和我们这个民族垂之青史的志士仁人共通着。我可以骄傲并引以为做人楷模的当是他们。这样说，并非蒲城并非关中就没有巧舌如簧骨软缺钙专事龌龊的卑琐之徒，这是任何一个地域的人群里都不可或缺的人渣，也如同任何一个地域都会有担负民族和国家兴亡荣辱的铁肩一样挺立于世。我只想说，我们在讨论一个地域性群体的共性时，无论这个共性中的优点或缺点，不要忘记不要绕开这个地域最杰出的人物，应该作为讨论的参照之一。

我再想说，我们讨论陕西关中人的视野应该更宽泛一点，视角应该更具穿透力，不要只局限在民间市井浮泛调侃的层面上，那样会弄得陕西人笑也不自在哭也不自在，吃面不自信吃米也不自信的无所适从了。

我以为，决定一方地域人的素质高下的关键是受教育的程度和知识结构。对于文盲而言，喝米汤和喝咖啡都产生不了新思维，无论他是关中人或是广州人，或是欧美人。

/蜗氏庄杏黄/

这位拥有百年大树的主人是一位智者,又是一位热心公众利益的富于威望的老者,他把村子里的农民联合起来,组织了一个果农协会,扩大宣传,统一包装吸引来不少客商,不用推车挑担到城里沿街串巷去叫卖,而是城里的果品商人开着汽车到村里来收购。还有大批的城里人结伴来摘杏买杏,既体验了自摘鲜杏的情趣,也到山野里怡悦性情。一位年轻干部悄悄告诉我……

蓝田朋友老曾打电话来,说岭上杏黄了,约我去摘杏吃杏。听这话时,嘴里已沁出酸水来,因为手头事情太稠,一时难以确定成行与否,只好把话说到活处。隔几日,老曾又打电话来,杏熟正到洪期,过几日该清园了。我终于经不住记忆里的大银杏的诱惑,决定上岭去,又有酸水沁出来,完全是生理反应。

村子后背的崖坡上,东头有一株粗大的银杏树,西头也有一株。从杏儿在刚刚萎干的杏花里形成如小拇指大小，绣着一层茸茸细毛，我和伙伴就开始偷摘了，咬一口就酸得龇牙咧嘴睁不开眼睛，仍然还是要偷摘；在树的女主人尖锐的叫骂声中，迅即逃遁到坡沟里隐蔽起来，嘻嘻哈哈品尝那酸过醋精的小杏儿。

到我成年后成为基层干部，有年夏天到盛产杏子的一个村子去帮助收麦子，生产队长曾领我到一棵最好的杏树下，几乎吃饱了肚子，实在忍不住这大银杏清香绵甜味道的引诱，中午饭都免吃了。三十多年过去，留在味觉记忆里的香味，再也没有重得享用的机会。

大清早起来，空气都是燥热的。城里燥热，家乡的田野里也燥热，毕竟是夏天的征候了。汽车在我最熟悉不过也亲近不过的灞河川道里疾驰，满眼扑来绿树和绿草，以及刚刚割过麦子在阳光下闪闪泛着亮光的麦茬地，怎么看都觉得舒服。这种舒悦是潜存在生命深层的每一根神经里。除了父母和一院，我睁开眼睛看到世间的第一道风景，就是割过麦子后留在土地上的麦茬子，被夏天的太阳晒得闪闪发亮，还有河川灌渠上一排排优雅傲然的白杨树。

几十年里年年都重新温习反复观赏这河川和岭坡上的景致，铸成一种永久的油画在心灵深处，只是近年间隔断了。今日又触及了，搞不清是眼前的景致融汇到心底，还是心底的那幅油画铺展到眼前的天和地之间，我却是陶醉了。发亮的无边际的麦芒和碧绿的白杨树，引发的是久违的生命本能的舒悦。乡情何止一杯酒所能比拟。

车子拐上岭坡通直的乡间公路。在遇到第一个村子时又拐向西。村子里一幢幢红砖红瓦的新房子，还有两层小楼，迎面的墙壁多用白色和橘红色瓷片装饰，在庄前屋后的椿树槐树桐树和杏树的绿荫里，看去煞是鲜艳煞是清爽。

新房和小楼背后的黄土崖下，色粘土地上，面对那层层叠叠的岭坡环抱的谷地，吸着弥漫在温热的空气里的杏花的清香，席地而坐，打开了啤酒瓶。那是我最温馨的一次春游。我那时就想到这漫坡满岭杏黄的时节，再来尝一回刚刚摘下的杏子，不料几十年过去，到今天才成行了。我走进了盛产大银杏的娲氏庄。

娲氏庄在红河谷延伸过来的谷地的南岸。娲氏庄以女娲名字得名的，现在无人能说得清是从哪朝哪代开始启用这个村名的。

村子的西北是开阔的谷地，四面再大的暴风刮到这谷地时，都会减弱其暴力而温柔起来，确属一块天成的风水宝地，七八千年前的女娲选择这块地盘，哺养她繁衍的和用泥土抟造的儿女是有道理的。这方岭坡地带整个都弥漫着人类始祖的美丽神话。

下了谷底，上了对岸的岭坡，一直向北走，不过三十里地就是闻名天下的骊山下的秦始皇陵墓了，我现在摘杏的娲氏庄，是骊山南麓的边缘，整个骊山浑然一体无所间断。北边的山顶上有"人祖庙"，是秦汉以前始建的女娲祠，每年农历七月十五日，四面八方的乡民都来朝拜，多为成年女性，依然向这位抟土繁衍了华夏民族的女神祈求一个大胖大壮的儿子。

人们广泛知晓骊山下杨贵妃沐浴的香池，也知道周幽王烽火戏诸侯丢失江山的典故，更知晓杨虎城和张学良在这儿扣蒋发动西安事变的故事，却忽略了女娲氏在这方山地岭坡上抟土造人和炼石补天的神话。

我到女娲的村庄里摘杏来了，我踩踏的村巷和坡地上的黄土小路，我走进的杏园里的松软的土地，肯定是这位老奶奶无数次奔走踩踏过了的。还有比这更幽远更神秘的岭坡吗？

得了山水地脉独有的优势，娲氏庄的大银杏是口味最好的杏子，左右的或对面岭上坡下的村庄，不过三五里或几十里，都是铺天盖地的杏林，为何娲氏庄的银杏远近传出了名声？据说还是土地和地下水的差异，还有光照的差别，再就是沾着女娲氏的神韵仙气了。

娲氏庄银杏出名，不是商业宣传的效应，而是早已名声远播，起码在我小小年纪就听说了，早已有口皆碑了。眼目所到之处，尽是大大小小的杏树，岭坡被层层叠叠的杏树覆盖着；屋院内外都是杏树，金黄的杏子在绿叶里显露出来；墙外的杏树把枝条伸进院子，院里的杏树的枝条又逸出墙头来，枝条上都串结着半黄的和金黄了的杏子。

走出村子，下一道坡坎，沿一条铺满青草的小径走过，草木的清香和杏子的香味在微风里迭过。小路上有男人和女人推着用大竹笼装满银杏的独轮车走过，汗涔涔的脸上堆满真诚的笑，大声爽气地礼让我和朋友吃杏。几经转弯，走到一棵大杏树下，树冠遮盖了至少一分多地的山坡，树干已有空洞，枝叶却依旧茂盛，壮气而又精神，不显一丝衰老气象。老人说这棵杏树已超过百年，记不清是哪代先人栽植的了。我相信他的话，两人合抱的树干就摆在这里。

我惊讶的是这株杏树依然着的活力。杏子已经黄了，熟了。主人颇为遗憾地说，他刚刚摘掉树顶上的杏子，只剩下中下部树股树枝上尚未熟透的杏子。杏子是从树梢往下逐渐成熟的。我坐在杏树下，浓密的树叶遮挡着6月的阳光，一片让人可以享受树荫的凉爽。你可以在这个世界上接受诸多的现代享受，也可以获得前人想象不出的快意乐趣，却难得这种原始的树叶遮盖下的一方阴凉儿的享受。

远处是不尽的群山岭坡，眼前是随着地势起伏着的杏园里的绿叶，坡坎上正竞相开放着的野萝卜野豆荚的白色紫色的花，我坐在一棵百年大银杏树荫下，享受山野里太阳下的一种清凉，似乎回到我青壮年以前的天地里的生活方式和歇息方式。我没有拒绝现代文明生活的矫情，却在重温以往的那种生活形态里除了苦涩，只留下简单的温馨和单纯。我已经很久没有在山野里的树荫下独坐和吸烟的那一份纯净到简单的心境了。

主人攀上一架梯子，从树上摘下几个杏子来。我捏在手里，凭感觉就知道它熟透了，通体金黄，轻轻掰开，就是鲜黄近红的杏肉，略停片刻，凹心里便沁出一汪杏汁来，用舌尖舔一点，那种清香的甜味真是无可形容，无可比拟，因为它是独有的唯一的银杏的香味，何况又是久负盛名的娲氏庄大银杏。只觉得清凌凌的蜜一样的水汁，和着杏肉，入到口里，已渗入到心肝脾脏里去了。

主人在骄傲地宣扬他的杏，干净无染，尽可以放心吃。我完全相信，杏树无病虫害，四季不洒任何化学成分的药物。况且这岭坡山洼，没有一家工厂，不见任何有害气体和煤烟，甚至连尘土也很难飞扬。我贪婪地连续吃着，大约把多年以来的亏欠一次性补偿了。

这位拥有百年大树的主人是一位智者，又是一位热心公众利益的富有威望的老者，他把村子里的农民联合起来，组织了一个果农协会，扩大宣传，统一包装，吸引来不少客商，不用推车挑担到城里沿街串巷去叫卖，城里的果品商人开着汽车到村里来收购。还有大批的城里人结伴来摘杏买杏，既体验了自摘鲜杏的情趣，也到山野里怡悦性情。一位年轻干部悄悄告诉我，经过挑选分类，再经过印刷精美的盒子包装，银杏的价值成倍提升，村民自然高兴了。

华胥镇政府几年来在岭坡地带搞银杏基地建设，娲氏庄银杏已打出名声，农民见着实惠，仅留一点土地种植粮食作物作为自食，绝大多数土地都栽植大银杏树了。据说他们近年来一亩地杏树的收入，抵得上十亩麦子的价值。真应了乡村自古就流传着的谚语：一亩园，十亩田。娲氏庄和岭上的乡民，真没料想到指靠杏子可以过上舒坦的日子了。

朋友老曾约我明年再来。

我便开玩笑说，我明年到岭上来种植杏园，你帮我物色一块好地。把写作重置于业余。

一碗羊肉泡馍

黄帝陵，不可言说

正在澜沧江边行走。层层叠叠郁郁苍苍的山峰。黏稠的灰云覆盖着尖锐的和平缓的群山。混浊的江水在峡谷里一路冲溅出千姿百态瞬息万变的水花。缓坡上和河谷坝子里，散落着围墙涂成白色的四方形楼房，这是我见过的最为雄壮高大的藏族民居了。房屋周围的田野上，变成黑色的晾晒青稞的木架斜立在刚刚吐穗的青稞地里。耳边活跃着藏族男女无处不在的舞蹈的踢踏声，萦绕着交混着纳西族优雅悠扬的古乐。在这种陌生的大自然里的沉醉是极其自然的，也是无以名状的。沉醉里，突然接到诗人耿翔的电话，约我写一篇关于黄帝的短文。我不由得沉吟一声，那个青砖围垒黄土堆积的陵冢，从青山、峡谷、青稞穗和舞蹈乐曲里浮现出来，哦！老祖宗。

记不清多少回拜谒过黄帝陵了。头一次在我年轻时，默默地围着那个枯草和积雪覆盖着的黄土冢走了一圈，竟然获得了一种绝少能有的平静、沉稳的心境。

那个时候在我生存的全部空间里，喧嚣着"文革"势到末途的挣扎却也更显疯狂的声音。连厕所和炕头都刷着虚妄标语的生存空间里，只有在整个民族的老祖宗的土冢前，我获得了作为一个人——活人的正常的心境。

我和家人亲戚拜谒过黄帝陵，烧一炷香，再围着那个已经修葺完整的土冢走过一圈，依然获得的是宁静和沉稳的心境。

我陪着外省和海外华裔作家朋友每一次拜谒黄帝陵的时候，都要围着那个已不陌生的黄土冢走过一圈，获得宁静和沉稳。几十年过去，我对老祖宗的拜谒就固定为围绕土冢走过一圈这种形式，至今也没有写过一篇关于黄帝的文字。

在我的全部感觉里，几十年来多次拜谒的过程和拜谒之后，都没有产生企图表述的欲望。我现在才弄明白自己何以会如此，在于这位老祖宗是无法言说的，或者说在我是难以找到表述的语汇的。我观瞻过秦、汉、唐、明、清五大王朝几十位皇帝的陵墓，也是至今没有写过一篇短文。然而，没有写仅仅是我不想再说那些陈年旧事。尽管我确凿在他们或倚山或掘地或打开或依旧死封的巨大建筑面前，想到他们堪称不朽的功业和不可掩抹的巨大罪孽时感慨多多。

然而，无论千古第一帝无论汉皇唐王明陵清陵里的帝王,都是可以言说的。没有一个使我产生如在黄帝陵前那种不可言说的感觉,自然也没有任何一个帝王能使我产生那种沉稳和宁静的心境。

我还是想脱开史家的评断而以自家的感受来说这种纯粹属于个人的感觉上的差异,大约就出在同一个读音的"皇"与"黄"的本质性的属性上,皇是一种象征,黄却是另一种象征;皇在我的头顶需仰视需顺从需接受"皇叫你死你不得不死"的律令,黄则与我同在黄土地上可以平视可以和他比一比谁的皮肤更接近黄土的色泽……

于是,许多千年之后的我,在围着他的小小的黄土冢转过一圈又走过一圈的时候,获得的是宁静和沉稳。

于是,我在一次又一次拜谒这位可以称为老祖宗的陵墓时,总是感到不可言说。

于是,我在注目那个翠柏重荫下的黄土冢时,似乎感知到每一抔黄土每一片草叶浸润到胸膛里的神圣的灵光,同时也自觉地接受先祖灵光的洗礼,更有透见灵魂的审视和拷问——不肖也否?

/俏了西安/

一

西安俏了。俏得让那些老西安人常常发出喟叹：噢、噢、噢，这条大街就是早先那个鸡肠子似的巷子嘛！啥时候修得这么宽敞……人们在新的城市格局的每一个路口或每一座新的建筑物面前，总是忍不住钩沉昨天的记忆，这种喟叹便浸润着生活进步社会变迁的历史性韵味了。

二

急骤的变化仅仅是十余年间的事。

我是80年代初从灞桥区调入省作家协会的，作协所在的建国路还算得上一条比较宽大的街道，那时候隔五六分钟才过一辆卡车或小车，行人可以悠闲地在街道上晃荡，孩子在马路中间嬉戏，甚至有人在街道中间打羽毛球。而今要横过马路需得左顾右盼以至焦灼等待，几乎首尾相接的机动车从早一直流到深夜。

整条建国路上只有一家食堂，在西南十字路街口，市商业系统下属的一家国营食堂，卖素面和肉面，还卖羊血泡馍，啤酒是散装的，两毛钱一碗，碗是粗瓷黄釉的大号老碗。已是专业作家的我仍住在乡下，每逢奉召回作协开会，中午便在这里花两毛钱买一碗羊血一毛钱买两个烧饼，奢侈时再加一碗啤酒，五毛钱下了一回馆子，心满而意足。那时候的工资是五六十块钱，收入和消费正好合适。几年间，这条街上高档酒店和风味小吃店竞相开张，门面也越换越新，灯光亦越换越亮，价钱自然也是越换越高，然而食客仍然涌现不断。那家卖羊血泡馍的低矮的食堂作坊早已被高楼所代替，刘家兄弟开了家令人忍不住冒险欲望的蝎子酒宴。民航售票处、证券交易厅门前，如涨潮和退潮的人群标示着股票行情和股民的忧欢……无论如何，在我喝着大碗啤酒嚼着大碗羊血泡馍的那几年里，无法料知蝎子会作为美味佳馔摆上餐桌，更无法料知股票会在我们的社会生活中牵扯人们的忧欢。

如果再沿着记忆之河溯流而上，我记得70年代中期以前的西安四条大街上，骡马拉的大车畅行其道，仅仅只要求每匹牲畜的屁股下设置一只接纳粪便的布兜，而尿是可以任意撒的。再追溯到50年代中期，我在东关读初中的头年冬天，每到傍晚，铺天盖地的乌鸦在天空盘旋，凄丧的叫声令人毛骨悚然，蹲在操场上晚餐的学生们，常常会被从天而降的排泄物所击中，或头上或身上或饭碗菜碟里。这些乌鸦夜栖在东门城楼层叠的木檐下，天明又飞到城外去觅食了。那时候的东门城楼漆彩剥蚀，塌檐断瓦，像一个风烛残年衣履残破的老人。

我现在的住地就在东门内，看着这门楼重新抖出威风重新焕发新姿重新现出昔日（始建时）的雍容和气度，往往忍住感慨，十余年间西安人做了多少大事，五十年本来又应该做成多少大事，而"文化大革命"的十年又破坏了西安人的多少好事耽搁了多少大事！正在发展的生活和已经逝去的历史才是透视一切的镜子。

三

大约是十余年前，我在西安出的一家报纸上看到过一篇北京一位作家写的西安印象的文章，有一个令我吃惊的观点。看到西安端南正北端东正西以钟楼为中心的四条大街，以及西安井字形的街路布局，便大发感慨，说端直的道路客观上造成了西安人的思维的简单，直戳端出不会拐弯亦不会多向思维，才是西安包括经济、文化等诸方面滞后的原因。

就我有限的阅历，中国的城市凡是建筑在平原上的，无论古都无论新城，大都是井字交叉的大街或小巷，似乎没有哪个城市的创始者为了表示思维的多维性和多向性，故意把大街或巷道多拐几道弯儿。贵阳、重庆那样的山城受地貌的限制自不能作佐证，上海和天津的弯曲街路多是租界地里的洋人们按照自己的势力范围制造的畸形，是中国人的不大愉快的一块旧疤，恐怕也很难牵强到多向思维这个话题上头来。

我便和朋友调侃，以西安端直的街路而判定西安人属端直思维的人，其思维的简单和端直正好应该和西安的街道一样。

西安保存下来全国唯一一圈完整的古城墙不仅对西安，对于这个泱泱大国的古代文明，正好留下一个完整的标志，一道不可复原复制的古代城池的标本，弥足珍贵。开放的西安获得了自己的发展，终于有财力修复残缺破损的城墙，终于完成了城墙的点亮工程。入夜，美丽的古城的轮廓可以使我们笑慰古人，亦可骄傲地指点给海内外的朋友。

又是前几年，我在一家报纸上看到一篇嘲讽西安人的文章，说西安人思想保守观念落后的象征便是这城墙，城墙是一个封闭的思想象征。我在此便先抬杠，秦岭山区和边疆草原，没有任何墙作为封闭的障碍，事实是那里至今仍然是扶贫脱贫的最落后的地区。那里到处都是弯曲的小路，而人们的思维却看不到多维与多向。

在开放的中国和中国的西安，在即将进入21世纪的临界线上，一座明代的古城墙怎么能封闭现代西安人的思维和西安人的观念？现代高科技现代网络信息现代新的知识，难道依靠马车和云梯翻越城墙闯入城门洞么？

作为一个西安市民，我真是感激那些为保存西安城墙的完整和完美而表现出远见卓识的人们，这是一种悠长的历史和深沉的文化意识。我也同时期望着，这座曾经在国家和民族的漫长的历史长河中的独有的辉煌，在现代西安人的手里得以重现。

一碗羊肉泡馍

一顿午餐,留下两个人半生的记忆。

这两个人,一个是作家刘恒,一个是我。

11月中旬在北京召开的中国作家协会第七次全国代表大会期间,在堪称豪华的北京饭店的过厅里,我和刘恒碰见了相遇了,几年不见,他胖了,头发却稀疏了。心想着按他的年纪,头发不该这么稀,眼见的却稀了。对视的一瞬,都伸出手来握到一起。没有热烈的问候,也没有搂肩捶胸的亲昵举动,他似乎和我一样不善此举。刚握住手,他便说起那顿午餐,在我家乡的灞桥古镇上吃的那一碗羊肉泡馍。正说间,围过来几位作家朋友,刘恒着意强调是站在街道边上吃的。我说是的,一间门面的小饭馆容纳不下汹涌而来的食客,就站在饭馆门外的街道上吃饭,站着还是蹲着我记不清了……

这是1980年夏天的事。

这年的春节刚刚过罢,我所供职的西安郊区随区划变更为雁塔、未央和灞桥三个区。我的具体单位郊区文化馆也分为三个。我选择了离家较近的灞桥区文化馆，为着关照依赖生产队生活的老婆孩子比较方便，还有自留地须得我播种和收割。刚刚设立的灞桥区缺少办公房舍，把文化馆暂且安排到距离区政府机关近十里远的灞桥古镇上。这儿有一家电影院，用木材和红瓦建构的放映大棚，据说是1958年大跃进年代兴建的文化娱乐设施，地上铺的青砖已经被川流不息的脚步踩得坑坑洼洼了，既可见久远的历程，更可见当地乡民观赏电影的盛况。放映棚后边，有一排又低又矮的土坯垒墙的平房，是电影放映人员工作和住宿兼用的房子，现在腾出一半来，给我等文化馆干部入住，同时也就挂出一块灞桥区文化馆的白底黑字的招牌。我得到一间小屋，一张办公桌、两把椅子和一块床板，都是公家配备的公物，一只做饭烧水的小火炉是自购的私家财物，烧煤是按统购物资每月的定量，到三里外的柳巷煤店去购买。我那时已官晋一级，兼着区文化局副局长，舍弃了区政府给文化局分配的稍好的办公室，选择了和文化馆干部搅和在一起。我喜欢古人折柳送别的这个千古老镇，一缕温情来自桥南头的高中母校，三年读书留下的美好记忆全都浮泛出来了；另一缕情思或者说情调，来自职业爱好，多年来舞文弄墨尽管还没弄出多大的响声，尽管生活习性生活方式和当地农民差不了多少。而文人的那些酸不酸甜不甜的情调却顽固地潜在着，诸如早春到刚刚解冻的灞河长堤上漫步，看杨柳枝条上日渐萌生的黄色嫩芽，夏日傍晚把脚伸进水里看长河落日的灿烂归于模糊，深秋时节灞河滩里眼看着变得枯黄的杂草野花，每逢集日拥挤着推车挑担拉牛牵羊的男女乡民，大自然在这个古镇千百年来周而复始地演绎着绿了枯了暖了又冷了的景致。刚跨入20世纪80年代的古镇周边的乡民在这里聚集，呈现出从极"左"律令下刚刚获得喘息的农民脸上的轻松和脚下的急迫，我常常在牛马市场木材市场和小吃摊前沉迷……我觉得傍着灞河依着一堤柳绿的古镇灞桥，更切合我的生活习性和生存心理。

　　刘恒突然来了。是我在这个古镇落脚扎铺大约半年。1980年正值酷暑三伏最难熬的季节，一个高过我半头的小伙子走进电影院后院的平房，找我，自我介绍是《北京文学》的编辑。我在让座和递茶的时候，心里已不单是感动，更有沉沉的负疚了。古镇灞桥通西安的十三路公交汽车，那时候是一小时一趟，我每逢到西安赶会或办事，在车上前胸后背都被挤拥得长吸粗吁；汽车在坑坑洼洼的沙石路上左避右躲，常常抵不上小伙子骑自行车的速度。这是唯一的公共交通设施,别无选择,出租车的名称还没有进入中国人的生活。刘恒肯定是冒着燥热乘坐西安到城郊的这班公共汽车来的,而且是从北京来的。我的那间宿办合用的屋子,配备两把椅子,超过两个来客我便坐在床沿上,把椅子让给客人,沙发在那时也是一个奢侈的名词。刘恒便坐在另一把椅子上,喝我递给他的粗茶。他说他来约稿。他似乎说他刚进《北京文学》做编辑不久。他说是老傅让他来找我的。说到老傅,我顿然觉得和近在咫尺的这位小伙子拉得更近了,距离和陌生顿然大部分化释了。

老傅是傅用霖,年龄和我不相上下,还不上四十,大家都习惯称老傅而很少直呼其名,多是一种敬重和信赖,他的谦和诚恳对熟人和生人都发生着这样潜在的心理影响。我和他相识在1976年那个在中国历史不会淡漠的春天。已经复刊出版的《人民文学》杂志约了八名业余作者给刊物写稿,我和老傅就有缘相识了。他不住编辑部安排的旅馆,我和他也就只见过两回面,分手后也没有书信来往。1978年秋天我从公社(乡镇)调到西安郊区文化馆,专注于阅读,既在提升扩展艺术视野,更在反省和涮涤极"左"的思想和极"左"的艺术概念,有整整三个月的时间,完全是自我把握的行为。到1979年春天，我感到一种表述的欲望强烈起来，便开始写小说，自然是短篇。正在这时候，我收到老傅的约稿信。这是一封在我的创作历程中不会泯灭的约稿信，在于它是第一封。

此前在西安的一次文学聚会上，《陕西日报》长我一辈的老编辑吕震岳先生当面约稿，我给了他一篇《信任》。这篇六千字的小说随之被《人民文学》转载（那时没有选刊，该杂志辟有转载专栏），到1980年年初被评为第二届全国短篇小说奖。老吕是口头约稿。我正儿八经接到本省和外埠的第一封约稿信件，是老傅写给我的，是在中国文学刚刚复兴的新时期的背景下，也是在我刚刚拧开钢笔铺开稿纸的时候。我得到鼓舞，也获得自信，不是我投稿待审，而是有人向我约稿了，而且是《北京文学》杂志的编辑。对于从中学就喜欢写作喜欢投稿的我来说，这封约稿信是一个标志性的转折。我便给老傅寄去了短篇小说《徐家园三老汉》，很快便刊登了。这是新时期开始我写作并发表的第三个短篇小说。直到刘恒受他之嘱到灞桥来的时候，我和他再没见过面，却是一种老朋友的感觉了，通信甚至深过交手。

我和刘恒说了什么话，刘恒对我说了什么话，确已无从记忆。印象里是他话不多，也不似我后来接触过的北京人的口才天性。到中午饭时，我就领他去吃牛羊肉泡馍。这肯定是作为主人的我提议并得到他响应的。在电影院我的住所的马路对面，有镇上的供销社开办的一家国营食堂，有几样炒菜，我尝过，委实不敢恭维。再就是八分钱的素面条和一毛五的肉面条。我想有特点的地方风味饭食，在西安当数羊肉泡馍了。经济政策刚刚松动，我在镇上发现了头一副卖豆腐脑的挑担，也过了久违的豆腐脑口瘾；紧跟着就是这家牛羊肉泡馍馆开张，弥补或者说填充了古镇饮食许久许久的空缺。这家仅只一间门面的泡馍馆开张的炮声刚落，在古镇以及周围乡村引起的议论旷日持久，波及一切阶层所有职业的男女，肯定与疑惑的争论互不妥协。这是1980年特有的社会性话题，牵涉两种制度和两条道路的议争。无论这种议争怎样持续，牛羊肉泡馍馆的生意却火爆异常，从早晨开门并拨旺昨夜封闭的火炉，直到天黑良久，食客不仅盈门，而且是排队编号。呼喊着号码让客人领饭的粗音大响，从早到晚响个不停。尤其是午饭时间，一间门面四五张桌子根本无法容纳汹涌而来的食客，门外的人行道和上一阶土台的马路边上，站着或蹲着的人，都抱着一只大号粗瓷白碗，吃着同一个师傅从同一只铁瓢里用羊肉汤烩煮出来的掰碎了的馍块。

我领着刘恒走出文化馆所在的电影院的敞门，向西一拐就走到熙熙攘攘吃着喊着的一堆人跟前。我早已看惯也习惯了这壮观的又是奇特的聚吃景象，刘恒肯定是头一回驾临并亲自目睹，似不可想象也无所适从吧。我早已多回在这里站着吃或蹲着吃过，便按着看似杂乱无序里的程序做起，先交钱，再拿七成熟的烧饼，并领取一个标明顺序数码的牌号，自然要申明"普通"或"优质"，有几毛钱的差价，有两块肉的质量差别。我招待远道而来的贵宾刘恒，自然是肉多汤肥的"优质"。那时候中国人还没有肥胖的恐惧，还没有减肥尿糖抽脂刮油等富贵症，还过着拿着肉票想挑肥膘肉还得托熟人走后门的光景。我便和刘恒蹲在街道边的人行道上，开始掰馍，我告诉他操作要领，馍块尽量小点，汤汁才能浸得透，味道才好。对于外来的朋友，我都会告知这些基本的掰馍要领，然而这需得耐心。尤其是初操此法者，手指别扭，掐也罢掰也罢往往很不熟练。刘恒大约耐着性子掰完了馍，由我交给掌勺的师傅。

我和刘恒就站在街道边上等待。我估计他此前没经过这种吃饭的阵势，此后大概也难得再温习一回，因为这景象后来在古镇灞桥也很快消失了，不是吃午餐的人减少了，而是如雨后春笋般接连开张的私营饭馆分解了食客，单是泡馍馆就有四五家可供食客比对和选择；反倒是那些刚刚扔下镰刀戴上小白帽的乡村少男少女，站在饭馆门口用七成秦腔三成京腔招徕笼络过往的食客。

几年之后，我有幸得到专业作家的资格，可以自主支配时间，也可以不再坐班上班，自我把握和斟酌一番，便决定撤出古镇灞桥，回归到灞河上游白鹿原下祖居的老屋，吃老婆擀的面条喝她熬烧的包谷糁子，想吃一碗羊肉泡馍需得等到进城开会办事的机会。

住在乡下，应酬事少了，阅读的时间自然多了，在赠寄的一本杂志上，我发现了刘恒，有一种特别兴奋的感觉。随之又读到了《狗日的粮食》，我有一种抑压不住的心理冲动，一个成熟的禀赋独立的作家跃到中国文坛前沿了。每与本地文学朋友聊起文学动态，便说到《狗日的粮食》，也怀一份庆幸和得意，说到在灞桥街头站着或蹲着招待刘恒的那一碗羊肉泡馍，朋友听了不无惊诧和朗笑，玩笑说，你把一个大作家委屈了。我也隐隐感到，便盼着有一天能在西安最知名的百年名店"老孙家泡馍馆"招待一回，挽回小镇站吃的遗憾。这时候不仅公家有了列项的招待款，我个人的稿酬收入也水涨船高了，况且"老孙家"也得了刘华清题写的"天下第一碗"的真笔墨宝，店堂已是冬暖夏凉和细瓷雕花碗的现代化装备了，我在这儿招待过组团的兄弟省作家和单个来陕的作家朋友，却遗憾着刘恒。刘恒似乎不大走动，似乎除了一部一部引起不同凡响的作品之外，再没有其他逸事或作品之外的响动。我能获得的信息，都是他的作品所引发的话题。这样，刘恒在中国文坛的姿态，便在我心里形成了，让我无形中形成了敬重，不受年龄的限制。敬重不在年龄。

从1980年夏天初识于我的灞桥，街道边的一顿午餐，成为我们二十多年深刻的记忆。这期间，我和刘恒大约有两三次相遇，每当见面握手，便说到街头的那顿午餐，一碗牛肉或羊肉泡馍。以我推想，随着经济快速发展，也随着作家腰包的不断填充，大餐小餐中餐西餐乃至豪华宴会，他和我都经历过了。在他，起码我没听见对某一顿大餐的感受；在我，即使吃过什么稀罕饭菜，稀罕过后也就不稀罕了。灞桥街头的这一顿羊肉泡馍，之所以让两个人经久不忘，我想在于这情景发生的年代——1980年夏天——中国新的发展契机初露端倪时的一个标志性的年份，第一家私营饭馆在古镇灞桥张扬出来时的特有景观；另一因由在于这碗牛羊肉泡馍，标记着那个年月的我的消费水平，自参加工作十八年第一次涨薪，拿到四十五元月薪了,大约发表了十多篇小说,累计有一千多元的稿酬了,可以请本地和外埠的朋友吃一餐泡馍了;还有一点在于,蹲或站在街道上吃泡馍的这两个人,后来都成了有点名气的作家,一个在北京,一个还在关中。这似乎才是造成记忆不泯的关键,作家微妙的生活感受;此前此后我陪过老朋友新相识包括乡村亲邻等都吃过,过后统统忘记了;唯有作家不会忘记,我记着,刘恒也记着。

这回在北京饭店和刘恒握手,他开口便说起这顿牛羊肉泡馍午餐。笑罢,我突然想到,这顿街边的午餐已成为一种情结,也成为一种警示,在我千万别弄出摆显"贵族"的嗲来,当下这种发"贵族"的嗲气小成气候。那样一来,刘恒可能再不说1980年夏天古镇灞桥的午餐,也不屑于和我握手了。

/汽笛·布鞋·红腰带/

一个年过五十的人，依然清晰地记得平生听到第一声火车汽笛时的情景。

他当时刚刚勒上了头一条红腰带。这是家乡人遇到本命年时避灾禳祸祈求平安福祉的吉祥物，无论男女无论长幼无论尊卑都要在本命年到来的头一天早晨穿裤子时勒上腰的。那是母亲用自纺的棉线四股合成一股，经过浆洗经过大红颜色的煮染再经过蜂蜡的打磨，然后把经线绷在两个膝盖之间织成的。早在母亲搓棉花捻子和纺线的时候就不断念叨："娃的本命年快到了，得织一条红腰带。"在标志着一年将尽的最后一个月份——腊月——到来之前，母亲已经织好了一条红腰带，只让他试着勒了一下就藏进木板柜里，直到大年三十晚上才取出来放到枕头旁边，叮嘱他天明起来换穿新衣新裤时结上那根红腰带。他那时只是为了那条鲜红的线织腰带感到新奇而激动不已，却不能意识到生命历程的第二个十二年将从明天早晨开始……

半年以后,他勒在腰里的红带已经变成了紫黑色的了,鲜艳的红色被汗渍尿垢以及褪色的黑裤污染得失去了原本的颜色。他依旧勒着这条保命带走出了家乡小学所在的小镇,到三十里外的历史名镇灞桥去投考中学。领着他的是一位四十多岁的班主任老师,姓杜;和他一起去投考的有二十多个同学,这些小学同学中有的已经结婚,那是他们在新中国成立后才迟迟获得读书机会的缘故,他是他们当中年龄最小个头最矮的一个。

这是一次真正的人生之旅。

从小镇小学校后门走出来便踏上了公路。这是一条国道,西起西安,沿着灞河川道再进入秦岭,在秦岭山岩中盘旋蜿蜒一直通到湖北省内。这是他第一次走出家门三公里以外的旅行。他昨夜激动慌惧得几乎不能成眠;他肩头挎着一只书包,包里装着课本,一枝毛笔和一只墨盒,还有几个学生灶发给的混面馍馍,还有一块洗脸擦脸用的布巾,同样是母亲用织布机织下的手工布巾……口袋里却连一分钱也没有。

开始上路他和老师、同学相跟着走,大约走出十多里路也不觉得累,同学们大都是来自小镇附近村庄,谁也没出过远门,兴致很高心劲十足,一路说说笑笑叽叽嘎嘎。后来的悲剧是从脚下发生的。他感觉脚后跟有点疼，脱下鞋来看了看，鞋底磨透了，脚后跟上磨出红色的肉丝淌着血，血浆渗湿了鞋底和鞋帮。他首先诅咒的便是砂石铺垫的国道上的砂子，全然想不到母亲纳扎的布鞋鞋底经不住砂石的磨砺，随后才意识到是一双早已磨薄了的旧布鞋的鞋底。在他没有发现鞋破脚破之前还能撑持住往前走，而当他看到脚后跟上的血肉时便怯了，步子也慢了。

似乎不单是脚后跟上出了毛病，全身都变得困倦无力，双腿连往前挪一步的勇气都没有了，每一次抬脚举步都畏怯落地之后所产生的血肉之苦。他看见杜老师在向他招手，他听见同学在前头呼叫他。他流下眼泪来，觉得再也撑不上他们了。他企望能撞见一位熟人吆赶的马车，瞬间又悲哀地想到，自己其实原来就不认识任何一位车把式。

他看见杜老师和一位结过婚的小学生大同学倒追过来，立即擦干了眼泪。老师和同学的关心鼓励丝毫也不能减轻脚下的痛楚和抬脚触地时引发的内心的畏怯。老师和大同学不能只等他一人而往前走了。他没有说明鞋底磨透脚跟磨烂的事，不是出于坚强而纯粹是因为爱面子，他怕那些能穿起耐磨的胶质球鞋的同学笑自己穷酸。这种爱面子的心理不知何时形成的，以至影响到他后来的全部生活历程，不愿意在任何人面前哭穷。老师和大同学临走时留给他的一句话是："往前走不敢停。慢点儿不要紧只是不敢停下。我们在前头等你。"

他已经看不见杜老师率领着的那支小小的赶考队伍了。他期望在路上捡到一块烂布包住脚后跟，终于没有发现哪怕是巴掌大的一块碎布而失望了。他从路边的杨树上捋下一把树叶塞进鞋窝儿，大约只舒服了两分钟，走出不过十几米就结束了暂短的美好和幼稚。他终于下狠心从书包里摸出那块擦脸用的布巾，相当于课本的两倍大小，只能包住一只脚。洗脸擦脸已经不大重要了，撩起衣襟就可以代替布巾来使用。用布巾包住的一只脚不再直接遭受砂石的蹭磨减轻了疼痛，况且可以使另一只脚踮而避免脚后跟着地。他踮着一只脚跛着往前赶，果然加快了行速。走过不知有多少路程，布巾很快又磨透了，他把布巾倒过来再包到脚上，直到那块布巾被踩磨得稀烂而毫无用处。他最后从书包拿出了课本，先是算术，后是语文，一扎一扎撕下来塞进鞋窝……只要能走进考场，他自信可以不需要翻动它们就能考中；如果万一名落孙山，这些课本无论语文或是算术就都变成毫无用处的废物了。那些课本的纸张更经不住砂石的蹭磨，很快被踩踏成碎片从鞋窝里泛出来撒落到砂石国道上，像埋葬死人时沿路抛撒的纸钱。直到课本被撕光，他几乎完全绝望了，脚跟的疼痛逐渐加剧到每一抬足都会心惊肉跳，走进考场的最后一丝勇气终于断灭了。他站下随之又坐下来，等待有一挂回程的马车，即使陌生的车夫也要乞求。他对念中学似乎也没有太明晰的目标，回家去割草拾柴也未必不好……伟大的转机就在他完全崩溃刚刚坐下的时候发生了，他听到了一声火车汽笛的嘶鸣。

他被震得从路边的土地上弹跳起来，他被惊吓得几乎又软瘫坐下。他的耳膜长久地处于一种无知觉的空白，他的胸腔随着铿锵铿锵的轮声起伏着颤栗着。他惊惧慌乱不知所措而茫然四顾，终于看见一股射向蓝天的白烟和一列呼啸奔驰过来的火车。他能辨识出火车凭借的是语文课本上的一幅拙劣的插图。这是他平生第一次看见火车，第一次听见火车汽笛的鸣叫。隐蔽在原坡皱褶里的家乡村庄，一年四季只有人声牛哞狗吠鸡鸣和鸟叫。列车从他眼前的原野上飞驰过去，绿色的车厢绿色的窗帘和白色的玻璃，启开的窗户晃过模糊的男人或女人的脸，还有一个把手伸出窗口的男孩的脸……直到火车消失在柳林丛中，直到柳树梢头的蓝烟渐渐淡化为乌有，直到远处传来不再那么震慑而显得悠扬的汽笛声响，他仍然无法理解火车以及坐在火车车厢里的人会是一种什么滋味儿？坐在飞驰的火车上透过敞开的窗口看见的田野会是怎样的情景？坐在火车上的人瞧见一个穿着磨透了鞋底磨烂了脚后跟的乡村娃子会是怎样的眼光？尤其是那个和他年岁相仿已经坐着火车旅行的男孩？

天哪！这世界上有那么多人坐着火车跑哩而根本不用双腿走路！他用双脚赶路却穿着一双磨穿了鞋底磨烂了脚后跟的布鞋一步一蹭血地踯躅！似乎有一股无形的神力从生命的那个象征部位腾起，穿过勒着红腰带的腹部冲进胸腔又冲上脑顶，他无端地愤怒了，一切朦胧的或明晰的感觉凝结成一句，不能永远穿着没后底的破布鞋走路……他把残留在鞋窝里的烂布绺烂树叶烂纸屑腾光倒净，咬着牙在砂石国道上重新举步，腿上有劲了，脚后跟也还在淌血还疼，走过一阵儿竟然奇迹般地不疼了，似乎那越磨越烂得深的脚后跟不是属于他的，而是属于另一个怯弱者懦弱鬼王八蛋的……在离考场的学校还有一二里远的地方，他终于追赶上了老师和同学，却依然不让他们看他惨不堪睹的两只脚后跟。

……

在那场历时十年的大浩劫发生时，他虽未被完全打翻却感到已经走到生命的尽头。那一年又正好是他勒上第二条红腰带开始第三轮十二年的时候。他被划进刘少奇路线而注定了政治生命的完结，他所钟情的文学在刚刚发出处女作便夭折了，家庭的灾难也接踵而至，不是祸不单行而是三面伏击四面楚歌。他步入社会尚无任何生活经验也无丝毫的防卫能力，很快便觉得进入绝境而看不出任何希望，不止一次于深夜走到一口水井边企图结束完全变成行尸走肉的自己。没有促成他纵身一投的缘由，便是他在那最后一刻听到了发自生命内部的那一声汽笛的鸣叫……

在他勒上第三条红腰带开始生命年轮的第四个十二年的时候，恰好又遭遇到一次重大的挫折。如果说上一次的遭遇与红腰带有无什么联系尚无意识，这一次就令他暗暗惊诧了，人类生命本身是否存在着一种神秘的周期性灾变？他不再以一个简单的无神论者的简单态度轻易去判断其有无了。这一次挫折纯粹是自作自受，不能怨天不能怨地更不能怨天下任何人，自己写下一篇对生活作出简单谬误判断的小说而声名狼藉。他曾想告别政坛也告别文学，重新回到学校做一名乡村教师，与农村孩子去交朋友。在那个人生重大抉择的重要关头，他不仅又一次听到了那声汽笛，而且想到了那双磨透了鞋底磨烂了脚跟的布鞋。有什么可畏惧的呢？本来就是穿着磨透鞋底的布鞋走进社会的,最终最糟失掉的大不了也就是又一双破烂布鞋……他走进图书馆,把莫泊桑和契诃夫的小说抱回住屋,昼夜与这两个欧洲人拥抱在一起。

他后来成为一个作家,但不是著名的,却终归算一个作家。这个作家已过"知天命"的年岁,回顾整个生命历程的时候,所有经过的欢乐已不再成为欢乐,所有经历的灾难挫折引起的痛苦也不再是痛苦,变成了只有自己可以理解的生命体验,剩下的还有一声储存于生命磁带上的汽笛鸣叫和一双破了鞋底的布鞋。

他想给进入花季刚刚勒上头一条或第二条红腰带的朋友致以祝贺,无论往后的生命历程中遇到怎样的挫折怎样的委屈怎样的龌龊,不要动摇也不必辩解,走你认定了的路吧!因为任何动摇包括辩解,都会耗费心力耗费时间耗费生命,不要耽搁了自己的行程。

/皮鞋·鳝丝·花点衬衫/

第一次到上海,是1984年,大概是5月。上海文艺出版社举办"《小说界》第一届文学奖"的颁奖活动,我的第一部中篇小说《康家小院》荣幸获奖,便得到走进这座大都市的机缘,心里踊跃着兴奋着。整整二十年过去,尽管后来又几次到上海,想来竟然还是第一次留下的琐细的记忆最为经久,最耐咀嚼,面对后来上海魔术般的变化,常常有一种感动,更多一缕感慨。

第一次到上海,在我有两件人生的第一次生活命题被突破。

我买的第一双皮鞋就是那次在上海的城隍庙购买的。说到皮鞋,我有过两次经历,都不大美好,曾经暗生过今生再不穿皮鞋的想法。大约是西安解放前夕,城里纷传解放军要攻城,自然免不了有关战争的恐慌。我的一位表姐领着两个孩子躲到乡下我家,姐夫安排好他们母子就匆匆赶回城里去了。据说姐夫有一个皮货铺子,自然放心不下。表姐给我们兄姊三人各带来一双皮鞋。父亲和母亲让我试穿一下。我在屋子里走了几步就脱下来，夹脚夹得生疼，皮子又很硬，磨蹭脚后跟，走路都跷不开脚了。大约就试穿了这一次，便永远收藏在母亲那个装衣服的大板柜的底层。直到20世纪70年代初，我已经在家乡的公社（乡）里工作，仍然穿着农民夫人手工做的布鞋。

我家乡的这个公社（乡）辖区，一半是灞河南岸的川道，另一半即是地理上的白鹿原的北坡。干部下乡或责任分管，年龄大的干部多被分到川道里的村子，我当时属年轻干部，十有八九都奔跑在原坡上某个坪某个沟某个湾的村子里，费劲吃苦倒不在乎，关键是骑不成自行车，全凭腿脚功夫，自然就费脚上的布鞋了。一双扎得密密实实的布鞋底子，不过一月就磨透了，后来就咬牙花四毛钱钉一页用废弃轮胎做的后掌，鞋面破了妻子可以再补。在这种穿鞋比穿衣还麻烦的情境下，妻弟把工厂发的一双劳保皮鞋送给我了。那是一双翻毛皮鞋。我冬夏春秋四季都穿在脚上，上坡下川，翻沟踔滩，都穿着它。既不用擦油，也不必打光，乡村人那时候完全顾不得对别人的衣饰审美，男女老少的最大兴奋点都敏感在粮食上，尤其是春天的救济粮发放份额的多少。这双翻毛皮鞋穿了好几年，鞋后掌换过一回或两回，鞋面开裂修补过不知多少回，仍舍不得丢掉，几年里不知省下多少做布鞋的鞋面布和锥鞋底的麻绳儿和鞋底布，做鞋花费的工夫且不论了。到我和家庭经济可以不再斤斤计较一双布鞋的原料价值的时候，我却下决心再不穿皮鞋尤其是翻毛皮鞋了。体验刻骨铭心，双脚的脚掌和十个脚趾，多次被磨出血泡，血泡干了变成厚茧，最糟糕的还有鸡眼。

这回到上海买皮鞋，原是动身之前就与妻子议定了的重大家事。首先当然是家庭经济改善了，有了额外的稿酬收入，也有额内工资的提升；再是亲戚朋友的善言好心，说我总算熬出来，成为有点名气的作家了，走南闯北去开会，再穿着家做的灯芯绒布鞋就有失面子了。我因为对两次穿皮鞋的切肤记忆体会深切，倒想着面子确实也得顾及，不过还是不用皮鞋而选择其他式样的鞋，穿着舒服，不能光彩了面子而让双脚暗里受折磨。这样，我就多年也未动过买皮鞋的念头。"买双皮鞋。"临行前妻子说，"好皮鞋不磨脚。上海货好。"于是就决定买皮鞋了。"上海货好。"上海什么货都好，包括皮鞋。这是北方人的总体印象，连我的农民妻子都形成并且固定着这个印象。那天是一位青年作家领我逛城隍庙的。在他的热情而又内行的指导下，我买了一双当时比较价高的皮鞋，宽大而显得气派，圆形的鞋头，明光锃亮的皮子细腻柔软，断定不会让脚趾受罪，就买下来了。买下这双皮鞋的那一刻，心里就有一种感觉，我进入穿皮鞋的阶层了，类似进了城的陈奂生的感受。

回到西安尔郊的乡村，妻子也很满意，感叹着以后出门再不会为穿什么鞋子发愁犯难了。这双皮鞋，只有我到西安或别的城市开会办事才穿，回到乡下就换上平时习惯穿的布鞋。这样，这双皮鞋似乎是为了给城里的体面人看而穿的，自然也为了我的面子。另外，乡村里黄土飞扬，穿这皮鞋需得天天擦油打磨，太费事了；在整个乡村还都顾不上讲究穿戴的农民中间，穿一双油光闪亮的皮鞋东走西逛，未免太扎眼……这双皮鞋就穿得很省，有七八年寿命，直到上世纪90年代初才换了一双新式样。此时，我居住的乡村的男女青年的脚上，各色皮鞋开始普及。

我第一次吃鳝鱼，也是那次上海之行时突破的。关中人尤其是乡下人，基本不吃鱼，成为外省人尤其是南方人惊诧乃至讥笑的蠢事。这是事实。这样的事实居然传到胡耀邦耳朵里，他到陕西视察时在一次会议上讲过："听说陕西人不吃鱼？"其实秦岭南边的陕南人是有吃鱼传统的，确凿不吃鱼的只是关中人和陕北人。我家门前的灞河里有几种野生鱼，有两条长须不长鳞甲的鲇鱼，还有鲫鱼，稻田里的黄鳝不被当地人看作鱼类，而视为蛇的变种。灞河发洪水的时候，我看到过成堆成堆的鱼被冲上河岸，晒死在包谷地里，发臭变腐，没有谁捡拾回去尝鲜。直到20世纪50年代中期国家第一个"五年计划"实施时，西安拥来了许多东北和上海老工业区的技术人员和熟练工人，这些人因为买不到鱼而生怨气，就自制钓竿到西安周围的河里去钓鱼。我和伙伴们常常围着那些操着陌生口音的钓鱼者看稀罕。当地乡民却讥讽这些吃鱼的外省人：南蛮子是脏熊，连腥气烘烘的鱼都吃，我后来尽管也吃鱼了，却几乎没有想过要吃黄鳝。在稻田里我曾像躲避毒蛇一样躲避黄鳝，那黑黢黢的皮色，不敢想象入口会是一种什么感觉。

那天在上海郊区参观之后，晚饭就在当地一家餐馆吃。点菜时，《小说界》编辑魏心宏（现任副主编）突然兴奋地叫起来："啊呀，这儿有红烧鳝丝！来一盘来一盘鳝丝。"还歪过头问我，你吃不吃鳝丝，就是鳝鱼丝。我只说我没吃过。当一盘红烧鳝丝端上餐桌时，我看见一堆紫黑色的肉丝，就浮出在稻田里踩着滑溜的黄鳝时的那种恐惧。魏心宏动了筷子，连连赞叹味道真好做得真好。随之就煽动我，忠实你尝一下嘛，可好吃啦，在上海市内也很少能吃到这么好的鳝丝。我就用筷子夹了一撮鳝丝，放在口里，倒也没有多少冒险的惊恐,无非是耿耿于黄鳝丑陋形态的印象罢了。吃了一口,味道挺好,接着又吃了,都在加深着从未品尝过的截然不同于猪、牛、羊、鸡肉的新鲜感觉。盛着鳝丝的盘子几乎是一扫而光,是餐桌上第一盘被吃光掠净的菜。似乎魏心宏的筷子出手最频繁。多年以后,西安稍有规格的餐馆也都有鳝丝、鳝段供食客选择了,我常常偏重点一盘鳝丝。每当此时,朋友往往会侧头看我一眼,那眼神里的诧异和好奇是不言而喻的。

还有两把小勺子,也是此行在上海城隍庙买的,不锈钢做的,把儿是扁的。从造型到拿在手里的感觉,都特别之好,不知在什么时候弄丢了一把,现在仅剩一把,依然光亮如初,更不要说锈痕了。有时出远门图得自便,我就带着这把勺子,至今竟然整整二十年了。

还有一个细节,颇有点刻铭的意味。

还是那位年轻作家陪我逛街。我们随意走着,我已记不得那是条什么街什么弄了,只记得街道两边多是小店铺。陪我的青年作家随意介绍着传统风情和市井传闻,我也很难一遍成记,尽管听得颇有趣味。突然看见一个十分拥挤的场面,便停住脚步。一家小店仅一间窄小的门面,塞满了顾客,往里硬挤的人在门外拥聚成偌大的一堆;从里头往外挤的人,几乎是从对着脸拥挤的人的肩膀上爬出来；绝大多数为男性青年，亦有少数女性夹在其中，肌肤之紧密接触也不忌讳了；往外挤着的人，手里高扬着一种白底碎花的衬衫。不用解释，正是抢购这种白底上点缀着蓝的红的黄的橙的小花点的衬衫。

1984年春末夏初，上海青年男女最时髦、最新潮的审美兴奋点，是白底花点的衬衫。

十余年后，我接连两三次到上海。朋友们领我先登东方明珠电视塔，再逛浦东新区，令我眼花缭乱，目不暇接，新的景观和创造新景观的奇迹般的故事，从眼睛和耳朵里都溢出来了。我在宝钢的轧钢车间走了一个全过程，入口处看见的橙红色的钢板大约有两块砖头那么厚，到出口处的钢材已经自动卷成等量的整捆，厚薄类近厚一点的白纸，最常见的用途是做易拉罐。车间里几乎看不见一个工人，我也初识了什么叫全自动化操作。技术性的术语我都忘记了，只记住了讲解员所讲的一个事实：这个钢厂结束了中国钢铁业不能生产精钢的历史，改变了精钢完全依赖进口的局面。尽管是外行，这样的事实我不仅能听懂，而且很敏感，似乎属于本能性地特别留意，在于百年以来留下的心理亏虚太多了。

从小学生时代直到进入老龄的现在，我都在完成着这种从祖先遗传下来的先天性心理亏空的填垫和补偿过程。我们的第一台名为"解放牌"的汽车出厂了。我们有了自己生产的"红旗牌"轿车。我们的第一颗原子弹爆炸成功。我们的卫星上天了飞船也进入太空了。我们有了国产的彩色电视和国产空调和国产电脑和国产什么什么产品。这样的消息,每有一次都是对那个心理亏虚的填垫和补偿,增加一份骄傲和自信,包括制造易拉罐的这种钢材对进口依赖的打破,也属同感。我便想到,什么时候让欧美人发出一条他们也能"国产"中国的某种独门技术的产品的消息的时候,我的不断完成着填垫补偿心理亏空的过程,才能得到一个根本性的转折。

告别布鞋换皮鞋的过程发生在上海。吃第一口黄鳝的食品革命也始发于上海。这些让我的孩子听来可笑到怀疑虚实的小事,却是我这一代人体验"换了人间"这个词儿的难以轻易抹去的记忆。还有历历在目的上海青年抢购白底花点衬衫的场景,与我上述的皮鞋和黄鳝的故事差不了多少。在南方和北方、东部和西部都被灰色、黑色和蓝色的中山服红卫服覆盖着的国家里,一双皮鞋一餐鳝鱼丝和一件白底花点衬衫,留给人的镂刻般的记忆,记忆里的可笑和庆幸,肯定不只属于我一个人。

第一次投稿

背着一周的粗粮馍馍,我从乡下跑到几十里远的城里去念书,一日三餐,都是开水泡馍,不见油星儿,顶奢侈的时候是买一点杂拌咸菜;穿衣自然更无从讲究了,从夏到冬,单棉衣裤以及鞋袜,全部出自母亲的双手,唯有冬来防寒的一顶单帽,是出自现代化纺织机械的棉布制品。在乡村读小学的时候,似乎于此并没有什么不大良好的感觉;现在面对穿着艳丽、别致的城市学生,我无法不"顾影自卑"。说实话,由此引起的心理压抑,甚至比难以下咽的粗粮以及单薄的棉衣遮御不住的寒冷更使我难以忍受。

在这种处处使人感到困窘的生活里,我却喜欢文学了;而喜欢文学,在一般同学的眼睛里,往往是被看作极浪漫的人的极富浪漫色彩的事。

新来了一位语文老师,姓车,刚刚从师范学院毕业。第一次作文课,他让学生们自拟题目,想写什么就写什么。这是我以前所未遇过的新鲜事。我喜欢文学,却讨厌作文。诸如《我的家庭》、《寒假(或暑假)里有意义的一件事》这些题目,从小学作到中学,我是越作越烦了,越作越找不出"有意义的一天"了。新来的车老师让我们想写什么就写什么,我有兴趣了,来劲了,就把过去写在小本上的两首诗翻出来,修改一番,抄到作文本上。我第一次感到了作文的兴趣而不再是活受罪。

我萌生了企盼,企盼尽快发回作文本来,我自以为那两首诗是杰出的,会震一下的。我的作文从来没有受过老师的表彰,更没有被当作范文在全班宣读的机会。我企盼有这样的一次机会,而且正朝我走来了。

车老师抱着厚厚一摞作文本走上讲台,我的心无端地慌跳起来。然而四十五分钟过去,要宣读的范文宣读了,甚至连某个同学作文里一两句生动的句子也被摘引出来表扬了,那些令人发笑的错句病句以及因为一个错别字而致使语句含义全变的笑料也被点出来,终究没有提及我的那两首诗,我的心里寂寒起来。离下课只剩下几分钟时,作文本发到我的手中。我迫不及待地翻看了车老师用红墨水写下的评语,倒有不少好话,而末尾却悬下一句:"以后要自己独立写作。"

我愈想愈觉得不是味儿,愈觉不是味儿愈不能忍受。况且,车老师给我的作文没有打分!我觉得受了屈辱。我拒绝了同桌以及其他同学伸手要交换作文的要求。好容易挨到下课，我拿着作文本赶到车老师的房子门口，喊了一声："报告——"

获准进屋后，我看见车老师正在木架上的脸盆里洗手。他偏过头问："什么事？"

我扬起作文本，说："我想问问，你给我的评语是什么意思？"

车老师扔下毛巾，坐在椅子上，点燃一支烟，说："那意思很明白。"

我把作文本摊开在桌子上，指着评语末尾的那句话："这'要自己独立写作'我不明白，请你解释一下。"

"那意思很明白，就是要自己独立写作。"

"那……这诗不是我写的？是抄别人的？"

"我没有这样说。"

"可你的评语这样子写了！"

他冷峻地瞅着我。冷峻的眼里有自以为是的得意，也有对我的轻蔑的嘲弄，更混含着被冒犯了的愠怒。他喷出一口烟，终于下定决心说："也可以这么看。"

我急了："凭什么说我抄别人的？"

他冷静地说："不需要凭证。"

我气得说不出话……

他悠悠抽烟："我不要凭证就可以这样说。你不可能写出这样的诗歌……"

于是，我突然想到我的粗布衣裤的丑笨，想到我和那些上不起学的乡村学生围蹲在开水龙头旁边时的窝囊，就凭这些瞧不起我吗？就凭这些判断我不能写出两首诗来吗？我失控了，一把从作文本上撕下那两首诗，再撕下他用红色墨水写下的评语。在要朝他摔出去的一刹那，我看见一双震怒得可怕的眼睛。我的心猛烈一颤，就把那些纸用双手一揉，塞到衣袋里去了，然后一转身，不辞而别。

我躺在集体宿舍的床板上，属于我的那一绺床板是光的，没有褥子也没有床单，唯一不可或缺的是头下枕着的这一卷被子，晚上，我是铺一半再盖一半。我已经做好了接受开除的思想准备。这样受罪的念书生活还要再加上屈辱，我已不再留恋。

晚自习开始了，我摊开了书本和作业本，却做不出一道习题来，捏着笔，盯着桌面，我不知做这些习题还有什么用。由于这件事，期末我的操行等级降到了"乙"。

打这以后，车老师的语文课上，我对于他的提问从不举手，他也不点我的名要我回答问题，校园里或校外碰见时，我就远远地避开。

又一次作文课，又一次自选作文。我写下一篇小说，名曰《桃园风波》，竟有三四千字，这是我平生写下的第一篇小说，取材于我们村子里果园入社时发生的一些事。随之又是作文评讲，车老师仍然没有提到我的作文，于好于劣都不曾提及，我心里的底火又死灰复燃。作文本发下来，揭到末尾的评语栏，连篇的好话竟然写下两页作文纸，最后的得分栏里，有一个神采飞扬的"5"字，在"5"字的右上方，又加了一个"+"号，这就是说，比满分还要满了！

既然有如此好的评语和"5^+"的高分，为什么评讲时不提我一句呢？他大约意识到小视"乡下人"的难堪了，我猜想，心里也就膨胀了愉悦和报复，这下该有凭证证明前头那场说不清的冤案了吧？

僵局继续着。

入冬后的第一场大雪是夜间降落的，校园里一片白。早操临时取消，改为扫雪，我们班清扫西边的篮球场，雪下竟是干燥的沙土。我正扫着，有人拍我的肩膀，一扬头，是车老师。他笑着。在我看来，他笑得很不自然。他说："跟我到语文教研室去一下。"我心里疑虑重重，又有什么麻烦了？

走出篮球场，车老师的一只胳膊搭到我肩上了，我的心猛地一震，慌得手足无措了。那只胳膊从我的右肩绕过脖颈,就搂住我的左肩。这样一个超级亲昵友好的举动,顿然冰释了我心头的疑虑,却更使我局促不安。

走进教研室的门,里面坐着两位老师,一男一女。车老师说:"'二两壶'、'钱串子'来了。"两位老师看看我,哈哈笑了。我不知所以,脸上发烧。"二两壶"和"钱串子"是最近一次作文里我的又一篇小说的两个人物的绰号。我当时特崇拜赵树理,他的小说的人物都有外号,极有趣,我总是记不住人物的名字而能记住外号。我也给我的人物用上外号了。

车老师从他的抽屉里取出我的作文本,告诉我,市里要搞中学生作文比赛,每个中学要选送两篇。本校已评选出两篇来,一篇是议论文,初三一位同学写的,另一篇就是我的作文《堤》了。

啊!真是大喜过望,我不知该说什么了。

"我已经把错别字改正了,有些句子也修改了。"车老师说,"你看看,修改得合适不合适?"说着又搂住我的肩头,搂得离他更近了,指着被他修改过的字句一一征询我的意见。我连忙点头,说修改得都很合适。其实,我连一句也没听清楚。

他说:"你如果同意我的修改,就把它另外抄写一遍,周六以前交给我。"

我点点头，准备走了。

他又说："我想把这篇作品投给《延河》。你知道吗？《延河》杂志？我看你的字儿不太硬气，学习也忙，就由我来抄写投寄。"

我那时还不知道投稿，第一次听说了《延河》。多年以后，当我走进《延河》编辑部的大门深宅以及在《延河》上发表作品的时候，我都情不自禁地想到过车老师曾为我抄写投寄的第一篇稿。

这天傍晚，住宿的同学有的活跃在操场上，有的遛大街去了，教室里只有三五个死贪学习的女生。我破例坐在书桌前，摊开了作文本和车老师送给我的一扎稿纸，心里怎么也稳定不下来。我感到愧悔，想哭，却又说不清是什么情绪。

第二天的语文课，车老师的课前提问一提出，我就举起了左手，为了我的可憎的狭隘而举起了忏悔的手，向车老师投诚……他一眼就看见了，欣喜地指定我回答。我站起来后，却说不出话来，喉头哽塞了棉花似的。自动举手而又回答不出来，后排的同学哄笑起来。我窘急中又涌出眼泪来……

我上到初三时，转学了，暑假办理转学手续时，车老师探家尚未回校。后来，当我再探问车老师的所在时，只说早调回甘肃了。当我第一次在报刊上发表处女作的时候,我想到了车老师,应该寄一份报纸去,去慰藉被我冒犯过的那颗美好的心!当我的第一本小说集出版时,我在开着给朋友们赠书的名单时又想到车老师,终不得音讯,这债就依然拖欠着。

经过多少年的动乱,我的车老师不知尚在人间否?我却忘不了那淳厚的陇东口音……

/何谓良师/

那是70年代末的最后一年的初夏,关中平原正勃发着一年四季里最迷人的景致,复苏的中国文学界亦如这自然界的景致一样撩拨着新老作家们的创造欲望。那时候,我去刚刚恢复不久的陕西作家协会参加一个什么会议,认识了吕震岳先生,直到今年春天我去他的灵堂前点燃一炷紫香,无论如何都抑止不住涌流的泪水了。

那次会议即将结束时,吕震岳来到我住的房子。"你是陈忠实吧?"问过我的名字又自报家门,"我是吕震岳,陕报文艺部的。"我便让座倒水,尤其是对一位年长于我的头发已显得稀疏的老编辑,因为头次见面,愈是礼仪敬重。他坐下后没有寒暄和客套,直接谈明来意,约我给陕报文艺版写篇小说:"你以前的几篇小说我看过,很不错,有柳青味儿。"我便应诺下来。他又叮嘱说:"一版顶多只能装下七千字,你不要超过这个数就行。"说罢就告辞了,干脆利索。

我那时候的心态刚刚调整过来。三年前的1976年春天，刚刚恢复的《人民文学》约我到北京参加一个写作笔会，我写了一篇适应当时反"走资派"的小说在该刊物上发表了，引起较多反响。随着"四人帮"的倒台和在一切领域里的拨乱反正，我在社会政治领域里的巨大欢欣与在写作上的失挫，形成剧烈的心理冲突，直到1978年的冬天，仍然陷入在真实的又不想被人原谅的羞愧之中。记得我当时正在灞河河堤的会战工程中领工，我和指挥部的同志住在河岸边土崖下的一座孤零零的瓦房里，生着大火炉睡着麦秸铺。正是在被春汛严逼压迫着的紧张的施工过程中，我先后读到了两篇记忆犹新的短篇小说，先是发表在《人民文学》上的陕西青年作家莫伸的《窗口》，后是被后来公论作为新时期文艺复兴潮声的刘心武的《班主任》。莫伸比我年轻许多而刘心武和我同龄，然而都是崭露头角的文学新人，都是从刚刚解冻的文坛土壤里蹿出来的惹人眼目的新苗。我读着这些优美的小说不由得联想到自己的失挫，更深地陷入羞愧之中，便把全部激情都转移到我所指挥着的河堤工程上。

直到这个工程完工的1978年秋天，我便调入西安郊区文化馆。我再三地审视自己判断自己，还是决定离开基层行政部门转入文化单位，去读书去反省以便皈依文学。郊区文化馆在小寨，有两处办公用房，一处在小寨俱乐部的小楼里，住着大多数文化干部和文化领导；另一处是"文革"前的老文化馆所在地，全部是平房，已破落残损，有三四位干部挑着好点的房子住着，院中荒草尽兴地繁衍着。我便选了东南角一间空房，把一卷铺盖卸下来，掉下来的半张顶棚的苇箔经民工重新搭吊上去，残留在墙上的黑墨标语被我用报纸糊住了……我便坐下来读书。窗外是农民的菜地，生长着日渐膨大的白菜，白菜地的畦梁上插长着绿头萝卜，也是日渐粗壮着。我从早读到晚，或借或买，图书馆里获得解禁的小说和刚刚翻译出版的国外的即使获过诺贝尔奖对我们却陌生的大家名作，一概抱来阅读。目的只有一点，用真正的文学来驱逐来荡涤我的艺术感受中的非文学因素。"四人帮"可笑的"三突出"创作原则因为太离谱姑且不论，十七年里极"左"的文学创作的理论和思想，都不是真正意义上的属于文学自己的因素，是强加以至强奸文学的非文学因素。对于非文学因素的荡除和真正的纯文学因素的萌生，对写作者来说，用行政命令是不行的，只有用阅读真正的文学作品来荡除，假李逵只能靠真李逵来逼其消遁。

我的自我审视和自我选择在我的感受里是正确的。

阅读使我进入了真正的五彩缤纷的小说世界，非文学的因素基本被廓清了，我才觉得我正临门属于真实的文学的殿堂。信心也恢复了，羞愧的心理得到了调整，创作的欲望便冲动起来。直至今天，我依然难忘1978年的那个自虐式的阅读和反省的冬天，每每经过翠花路看见历史博物馆的漂亮建筑群，我便想到我曾居住过的那间房子和窗外的菜地，但现在都荡然无影了。1979年春节过后，我在那间小房子里重新开始写作小说了。正是在我刚刚涌起新的创作激情时，我遇见了吕震岳，他向我约稿。

我十分珍惜吕震岳的约稿，同样是那个羞愧心理的继续。那篇反"走资派"小说所产生的对我的看法，仍然是我的神经最敏感的因素，因而对那些依然还约我稿的编辑，更多的是一种被信赖被理解的感遇之恩了。由是，便想着应该尽力写好一篇小说送上，不致使这位初次见面的长兄失望。然而正在构思中的一篇小说篇幅较大，原计划给《人民文学》的，不怕长，便想着写完这个短篇之后，接着为陕报老吕再写，七千字是一个不能突破的限制。这时候，接到吕震岳一封信，信皮和信纸上的字，都是用毛笔写的，字很大，虽称不得作为装饰和卖钱的书法，却绝对可以称作功夫老到的文人的毛笔字。内容是问询稿子写得怎样了，一月过去了怎么没有见寄稿给他。我读罢便改变主意，把即将动笔要写的原想给《人民文学》的这个短篇给老吕，关键是怎样把原构思的较大的篇幅压缩到七千字以内。如果就结构而言，这个短篇是我的短篇小说中最费过思量的一篇，及至语言，容不得一句虚词冗言，甚至一边写着一边码着纸页计算着字数。写完时，正好七千字，我松了一口气，且不说内容和表现力，字数首先合乎老吕的要求了。这就是《信任》。

稿子写成心里又有点不踏实，主要是内容。这篇小说写一位挨整受冤的农村基层干部，以博大的胸襟和真诚的态度对待过去整他的"冤家仇人"，矛盾甚至很尖锐。写成后我又有点踌躇，当时正是伤痕文学如苦水怒潮般汹涌，控诉祸国殃民的"四人帮"，社会生活中亦是平反冤假错案刚刚激起社会各阶层强烈反应的普遍性情绪，围绕着"四清"运动的矛盾，农村社会的新矛盾和社会心理也很尖锐和复杂。这篇小说以这样的人物出现，会不会引起误解？我一时拿不定主意，就带着稿子去找老朋友张月赓，让他给看看，以较为客观的眼光给我把握一下。

张月赓还住在西安晚报社的两层简易居室里，一大间屋子没有隔间，既是卧室也是书房又兼着会客用。部队作家丁树荣已先在座，见面自然都很高兴。我说了事由，便拿出刚刚写完的稿子，二人连续着读了，对我申明的担心以为是多余。丁树荣很热情，说他和老吕很熟悉，正好还要去找老吕，可以替我捎带上稿子。我就把稿子交给丁树荣，夹没夹一纸给老吕的短笺已经忘记了。我第二天就下乡参加夏收劳动去了。

从把稿件交给丁树荣那天起，恰好一周时间，《信任》便在《陕西日报》的文艺版面上刊出了，时间是1979年6月3日。这是我自有投稿生涯以来发表得最快的一篇作品。我听到了我周围的熟识的行政干部的议论，尚不敢完全轻信，以为可能有更多的鼓励的因素，又过了大约不足半月，我刚刚从乡下参加夏收劳动归来，又接到吕震岳一封信，意思说作品发表后引起普遍反响，已收到不少读者来信，让我到报社去看看那些读者来信的评说。

我心里便有点按捺不住，骑上自行车绕大雁塔那条路奔东大街的陕报去了。似乎是一种潜意识，我尤其看重读者的反应，想听听文学圈以外的各个阶层各种职业的读者的评说，直到今天依然是这种心理。这应该是我第二次和吕震岳见面，老吕对我似乎已经是老早的熟人一样随意了。记得我见他第一面留下的最深刻的印象，便是他说话的高嗓子大调门。这回在他的编辑桌旁，不仅依然着这种说话，笑声同样是高腔大声，用畅快、爽朗这些词来形容似乎总不到位。他的情绪很兴奋，完全是一种编发了一篇引起普遍反响的稿子的由衷的快慰。他一边给我述说着丁树荣怎样掮稿给他，他读后的感觉和抓紧处理稿子以促使其尽快见报；一边用右手频频做着手势。我是深深地被感染被感动了的。一个职业编辑，一位长我起码十岁的老兄，毫不掩饰他的兴奋之情，像年轻人一样手舞足蹈着高声叙说着哈哈大笑着，给我一种赤诚热心而不无天真的强烈印象，他随之把一摞读者来信取出来交给我，感慨地说，看看，刚发表十来天，来了多少信说这个作品。

我一封一封读着那些从全省各地发往报社的信，禁不住眼热欲泪。不完全因为他们对我的一篇小说说了怎样的好话，更多的是我太需要他们对我的"信任"了。因为那篇写反"走资派"的小说造成的不良影响，我企图以新的创作来挽回，挽回那些可能弃我而去的读者，重新建立我和读者的真诚的信赖。那一封一封热情洋溢的信向我证明了最基本的这一点，正是我最心虚着企望充实的一点。然而其中有一封信，以不屑的口气评说《信任》，更以不屑的口气讥讽着我，说我在文化大革命期间写过适应时风的小说，现在又倒过来写什么《信任》，等等。我以为他说的是基本客观的事实，他肯定读过我过去写的几篇以阶级斗争为主调的短篇小说。不屑的讥讽的口吻不是批评的关键，亦可促使我更进一步作人生和文学的反省。这些信后来由老吕选发了三篇，在《作者·读者·编者》专栏里，我也看到了。有趣的是，十五六年后，我躲在渭南一家招待所里写几篇应急的短文，有天晚上宾馆（招待所）经理来和我聊天，说那三篇被选发的读者来信中，有一篇是他写的。他写那篇读后感式的信的时候，正在渭南地区所辖属的一个县的水利局工作，接近基层农村，强烈地感觉到，因为几十年阶级斗争扩大化给许多无辜的群众和优秀的基层干部造成的伤害，在实施平反冤假错案的过程中，又出现了新的矛盾和对立，甚至出现简单的个人之间的报复行为。他对这篇小说里的主人公对待同类矛盾的襟怀十分感动，以为是化解阶级斗争造成的人为矛盾的有远见的途径，忍不住便写了那封信。其实，他平素只是喜欢读书看报，并不搞写作，后来几经工作调动，现在已是这家宾馆的经理了……听来真是令人感慨系之。

至今依然记忆犹新的是，由丁树荣把稿子捎给老吕之后，我就到西安北郊的一个生产队参加夏收劳动去了。按当时干部下乡的习惯，自行车后架上捆绑着被褥卷儿，车头上的网袋里装着洗漱用具。大约十天或半月的下乡期满回到郊区文化馆里,《信任》已经发表多日,我在紧如救火的夏收劳动中尚不得知。回到馆里之后才看到发表《信任》的版面,"信任"两字是某个书法家的手书,有两幅描绘小说情节的素描画作为插图,十分简洁又十分气魄,看着看着就觉得眼热。这是我第一次在《陕西日报》文艺副刊上发表作品,但不是处女作,此前已经有为数不少的小说、散文在杂志和报纸副刊上发表,按说不应该有太多太强的新鲜感。我不由自主的"眼热",来自当时的心态和更远时空的习作道路上的艰难。当时的心态已如本文开头所叙的反省和调整,这篇小说的发表无疑给我以最真实的也是最迫切需要的自信。更深层的感慨发自十八年前给《陕西日报》的一次投稿。

1961年,正是后来被习惯称作"三年困难时期"最困难的那一年,我正在读高中二年级,无法化解的饥饿折磨着几乎所有人,尤其是正处于生理生长最活跃的中学生。市教育局为保护处于这个不幸年代的学生,采取了非常措施,取消晚自习,自然也就取消一切作业,实行"劳逸结合"来对付饥饿,老师只需完成课堂授课而不再批改作业,学生只需接受老师的讲授而不再去做任何科目的作业题,消耗热量的体育课干脆废除不上了。我突然发现空闲的时候太多了,空闲得令人反而不习惯起来,自然就把课余的时间和精力全都用到阅读和写作这个爱好上头来。我和我的同样爱着文学的朋友常志文,找到了一个既省钱又能读到新书的办法。每天晚饭后,我俩悄悄溜出学校后门,抄田间近路步行到距学校约十余华里的纺织城商场,直奔书店。靠在装满各种书籍的书架立柱上,抽出昨天正在读着的那本书继续读下去,直到大约九点或九点半钟商场统一关门,我再最后看一眼正在阅读着的页码,合上书装进书架然后离开书店。那时候没有"微笑服务",更没有礼宾小姐站在门口躬身欢语"欢迎光临"的礼仪,却不拒绝如我一类无钱买书的人连续阅读自己感兴趣的书。我和我的朋友便从来时的小路再走回灞河岸边的这所由孙蔚如先生创办的中学,我俩关于阅读心得的交流一直继续到校门口才收住。上床睡觉以前,先喝一大碗盐水哄自己入眠,因为饥饿早已搅得肠胃疯狂起来。在往来二十余华里的疾步运动中,本来就没有吃饱的晚饭早已被消化光光了。这样的课余活动的运动量和对热量的损耗,可能远远超出了做作业和一周只有两节的体育课。

  同样在这一段没有功课压力的轻松日子里,我和常志文、陈鑫玉三位文学爱好者组织起来一个文学社。苦于喜欢文学而总是找不到创作的门路,文学社就被命名为"摸门小组"。仅这个名字就可以看出我们当时对于创作的心境和情态,不无猴急和彷徨。成立文学社的同时决定创办文学墙报,名字定为"新芽",不无才露尖尖一角的小荷的含意。这是一个纯文学的墙报,不是那种为纪念各种重大节日所办的壁报。"新芽"发表小说、散文和诗歌,必须是文学社成员自己创作的,当然也欢迎同学投稿。

创刊号上,刊登了我的一篇散文《夜归》。陈鑫玉鼓动我把这篇散文投给报刊,我缺乏勇气,终未敢把它投出。我的朋友却把它另写下来,寄给了《陕西日报》文艺部。大约不到一月时间,鑫玉某天从家里来就兴奋地告诉我,说报社来信了,他兴奋激动的表情,自然传递给我某种希望、某种侥幸混合着的急切心理。信的内容是肯定了这篇散文的长处,也指出了缺陷,关键词是让我修改一下,尽快寄去。我到此刻才真正地激动起来,似乎真的就要"摸"到那个神圣而又神秘的"门"了。我很快做了修改,又寄出去了,此后便开始了急切而又痛苦的等待。等待来信通知一个几乎让人不敢奢望的消息。等待中天天到学校的阅报栏去看《陕西日报》,自然是发表文艺作品的第三版。这是我创作生涯中发生的关于投稿的第一次等待,第一次感受那种企望和失望交织着的急切和焦灼的心情。奇迹终于没有出现，我在随之到来的高考的紧张准备中把此种情绪排挤开去。

结束高中学业，高考名落孙山，我在最初的别无选择的痛苦中回到家乡，被公社选拔为民办老师，这才真正开始了我的业余文学创作。次年春天，我重新把《夜归》做了修改，再次投给《陕西日报》，不久又来了信，肯定了长处也提示了不足，仍然让我修改后再寄去。我又一次陷入期待的焦灼之中。久久的等待中，我终于忍耐不住，借着学校到西安举办什么活动的机会，找到了社址设在东大街的《陕西日报》社。我在报社门口踌躇着踅摸着，想不出进入报社文艺部该怎么开口的措辞，自卑和羞怯的浓雾挥斥不开。我终于硬着头皮走了进去，看见文艺部的几张办公桌前坐着几位编辑，我朝门口那一位发出了问询。关于我的这篇散文，均不在在座的编辑手里，便推测肯定在一位已经下乡锻炼的编辑手中，可他大约需要半年才能结束劳动锻炼。那位好心的编辑很诚恳地暗示我，凡是能发的稿子，肯定会交代给编辑部的。既然没有交代我的那篇散文，肯定是发表不了的了。这次投稿和第二次修改又失败了，我走出《陕西日报》深长的院庭甬道时，直接的感觉是，那个"门"还遥不知其所在，任何轻易"摸"到的侥幸心理自然云散了，反倒轻松了，当然不可排解自卑。我至今无法判断当时在座的编辑之中有无吕震岳，因为我除了和那位同样不知姓名的编辑说话之外，几乎不敢乱瞅乱看别的人。我站在《陕西日报》社门口，回望一眼那拱形的门楼和匆匆忙忙进进出出大门的人，还是免不了自惭形秽的自卑。这是我平生第一次走进一家报刊的大门，目的是问询自己投递的一篇习作，留下的记忆难以泯灭。在我被老吕邀请到他的办公室去看读者来信的时候，我心里涌起的便是十几年前头回进入时的复杂心理的记忆。我和老吕聊起这件事，老吕哈哈大笑着说他毫无记忆，那时候出出进进文艺部的各路业余作者太多了。我至今也无法弄清那位两次写信鼓励我修改后再投的编辑是谁，他每次写信都不署姓名，只缀着文艺部的落款。直到1965年春天，我把这篇散文打破原先框架，重新构思重新写作，名字改为《夜过流沙沟》，只是没有勇气投给"省报"而改投"市报"，不久就在《西安晚报》文艺副刊上发表了。这是我的变成铅字见诸报刊的第一篇习作，历经四年，两次修改，一次重写，五次投寄，始得发表。我在感激《西安晚报》那位发表它的编辑的同时，也感激《陕西日报》那位两次给我写信鼓励我修改的不知其名的编辑。在这篇散文漫长的修改过程中，我在"摸门"，或者叫做最初的探索；在从事这个容不得任何侥幸的事业的起始阶段，这篇处女作的修改和发表的漫长过程，实际上是我进行文学基本功练习的一个缩影。我和老吕聊起这件事，除了艰苦跋涉的感慨之外，还有一种心理补偿的欲望，我想那位给我两次写信的编辑最好能在此刻在这个办公室出现，我会向他致以最真诚的问候和感谢。他的那两封信，是我写稿投稿生涯中第一次收到的报刊编辑的信。老吕也感慨着。

七月号的《人民文学》转载《信任》。那时候，《小说月报》等一类选刊还没有创办，《人民文学》辟有转载各地刊物优秀作品的专栏，每期大约一两篇。

80年代的头一个春天到来时，《人民文学》编辑向前给我写来一封信，告知《信任》已获1979年度全国优秀短篇小说奖。那时候的评奖采用的是读者投票的方法，计票的结果一出来，前二十名便被确定下来。我当即将此事告知了吕震岳，他和我一样高兴。现在回想起来，无论是我，无论是他，当时似乎没有把这个获奖看成有什么太了不得的。倒是后来愈来愈觉得这种全国性评奖真是了不得的。一是这种奖项被看作一种标志，评职称升工资等等都成为一个硬件；二是这种评奖的竞争愈来愈趋激烈，单就每年一次的短篇小说评奖，已经取缔了读者投票的方法，改由评委投票，非文学因素影响评奖的事时有传闻。我并非超脱文坛，亦非淡泊名利。我从来不说淡泊名利的话。我至今以为，文坛本身就是一个名利场，淡泊不了的，除非你离开。问题的实质在于以什么手段去提高"知名度"和获取"利"，唯一可靠的途径只能是拿出自己独特感受的作品来，即以文学的因素实现文学创造的目的，任何非文学的因素都是无法奏到长久之效的。一个不足七千字的短篇获奖，不可能决定我未来创作的发展，未来的路才刚刚开始。我对自己未来的创作发展不仅没有十分的自信，甚至依然着自卑的惶惑。因为任何一位能被我们记住的作家，都不是凭一个小小的短篇而铸就自己的文学成就，证明自己的文学才能的，这是文学史的 ABC。作为职业编辑的吕震岳，更有丰富的经历和经验，早看多了作家创作发展的种种，所以更多地仍然是说着"多读多思索"的鼓励我的实话。颁奖的通知到来时，我的心里丝毫未动，我的农民夫人突发心脏病月余，我须陪她去医院看病，便请假缺席了。

作为新时期文艺复兴的第一项全国文学奖——短篇小说奖，这是第二届评奖，发奖仪式很隆重，我在报纸上看到了消息。之后某一天，我用自行车带着病情稍轻的夫人从城里看病回来，走到距家尚有七八华里的一个村子，迎面停下一辆小汽车，走出《陕西日报》的文艺评论家肖云儒来。他们开车到了我的村子扑了空，折回来时碰到了。他说报社文艺部领导很重视《信任》获奖，作为报纸副刊的作品能在全国获奖尚不多见，约我写一篇获奖感言的短文，老吕因身体不适而委托他来。我后来写成了一篇《我信服柳青三个学校的主张》的创作谈，这是我从事写作以来第一次写谈创作的文章。

这一年，《陕西日报》文艺部发起了"农村题材小说征文"，老吕给我写来一封信，鼓励我应征。我已经从原郊区文化馆分配到灞桥区文化局，被提拔为文化局副局长，兼文化馆副馆长。为了能避免琐细的事务性干扰，我住在灞桥镇的文化馆里，潜心读书写作。接到老吕的信，我写了短篇小说《第一刀》，不需叮咛便明白七千字的版面极限。这篇小说同样得到老吕的欣赏，以一周的最快速度见报。此后，又收到了一批读者来信，选发了三篇。这是写农村刚刚实行责任制出现的家庭矛盾和父子两代心理冲突的小说，引起读者的普遍关注是可以理解的。尽管在征文结束后被评了最高等级奖，我自己心里亦很清醒，生动活泼有余，深层挖掘不到位。然而关于农村经济改革的思考却由此篇引发，发展到我的第一个中篇小说《初夏》的最后完成。

1982年我的第一本小说集子《乡村》出版,在我赠送书籍的名单上自然不可或缺老吕。这本集子里有他鼓励催促下写成的三篇小说,且是在我创作发展的关键时期有着特殊意义的作品。这年冬天,我调到省作协专业创作组。在取得对时间的完全支配权之后,我的直接感觉是走到了我的人生的理想境界——专业创作。我几乎同时决定,干脆回归老家,彻底清静下来,去读书,去回嚼二十年里在乡村基层工作的生活积蓄,去写属于自己的小说。尤其是读书,需要弥补未能接受大学中文系专修的知识亏空和心理空虚,需要见识中外大家名著所创造的艺术大观,更深一步进入真正的艺术世界,揣摸真正的文学的本来内蕴,以彻底排除非文学因素和出于各种用意强加给文学的额外负载,接近再接近真正的文学的本义。我记得我到陕报去和老吕说了归乡的打算,他仍然高调门感叹着好好好,真诚地说,写作靠热闹是不行的,得拿出好货来。

回到祖居的老屋,反而有一个不长的适应期。偶尔有文学朋友和约稿的编辑找到村子里,都是我十分愉快的事,包括传来许多文坛最新的消息和趣闻。偶尔收到老吕的信,仍然是老文化人的个性明显的毛笔字,或问讯或约稿,读来十分温馨。中篇小说《初夏》在《当代》发表以后,接到老吕一封长信,说他对这篇小说特别喜欢,不完全是因为《第一刀》的缘由。到这篇中篇获《当代》文学奖时,我告诉了他这个消息,老吕像小孩一样拍着简易沙发的扶手大声慨叹起来,似乎验证了他的阅读感觉。他说他在什么报纸上看到《当代》的广告目录,专意到邮局的报刊门市部买来了杂志,读完便给我写了那封长信。及至1986年上海文艺出版社出版我的以《初夏》冠名的第一个中篇小说集子,我拿到书后,从乡下赶到西安,找到老吕家里。其时他已退休,住在炭市街的平房住宅里。我送上这本集子,他翻着看看,说那本集子里收编的几个中篇大都读过了。他告诉我,凡是他在什么杂志上发现我的作品就一定要读,凡是他听说我在哪里发了什么小说就自己找来读。他坦率地说着对那些小说的感觉,好的和遗憾的诸多方面,已经远远不是《信任》或《第一刀》经他发表时的交谈深度了。这一次,是我更深地理解老吕这个人的重要接触。我真切地被这位老兄感动了。他已经退休,已经不再为报纸副刊和我打交道了,他关注我的作品和我写作的发展,至少是出于一种纯粹的关于一个与他打过交道的作者的关注,仅仅只是这个作者的作品他曾经喜欢过付出过心血,仅仅只是这个作者本人他比较喜欢，仅仅只是他希望自己喜欢的这个作者的创作更健康地发展。这就够了，这就足够我这个经他扶助的作者体会人世间那种被赞美着的真诚了；足够我再重新理解作为中国文学各类职业编辑的良苦用心了，任何时候要是还没有忘记这一点，我便相信自己的尾巴会紧紧夹住；足够我理解作为个人劳动标志很明显的创作，其实还有更丰富的社会的催人奋斗的那种力量。告别老吕，重新回到祖居的家园，《初夏》这本书也就划归昨日的黄花。我必须以新的艺术形态给老吕这样的职业文学编辑一个见面时可以再聊的话题，包括更多的还喜欢着我的小说的读者。真正的文学意义上的友谊给我的就是这种冲击力。

听说老吕病了时，我很震惊，找到他的新居里，是在一个夏天的晚上。我已得知他得了一种今天的医疗水平很难治愈的病，便约了精于摄影的郑文华去拍一张合影。我们相交整整二十年来，竟然没有拍过一张合照，我不在乎这种照相，他也不在乎这种形式的东西，二十年里我们多次见面却没有谁想到照一张合影。我到邻近的水果店铺里买了水果，也应是第一次。二十年里我多次去过他供职的编辑部和他的家里，从来没带过一件礼物，一盒烟一瓶酒都没有过。那个时期里似乎不兴这一套，我也没有这种意识，似乎拿着这种东西会使他和我都尴尬的。他现在病了，是个病人，按我的心理和习惯，看望病人带上水果是礼仪成俗的。

他坐在一架轮椅上，因为病痛所致的骨头损害，不能坐太软的沙发。他说他出院好久了，病情稳定。他比以往消瘦了，脸色尚好，仍有继往的红色，表面看不出太多的重病的疲倦和忧郁。他说话依然是朗朗的大调门高嗓子，几乎与我以往的印象没有任何变化和差异，也许是强性子的他自然显现的刚强。我和他聊了他的病情，他却更多地问我现在的工作和写作，不无惋惜之意，甚至启发我赶快离开西安，重新找一个地方去读书去写作。他那么感慨着对我的深层理解，写到这程度太不容易了，再浪费时间就损失太大了……云云。我无言以对。也不想对他说出我的苦恼。如他一样的感慨我已从许多朋友口里听到，然而我不想让他再为我担这一份心。我尽量以轻松的话题和他交谈，包括回忆我们以往的趣事，他便大声愉快地笑起来。我给他留下我出版不久的五卷本《文集》，他问《白鹿原》收编在内没有。我说主要的作品全都收入了。他说他早已读过《白鹿原》，不断地感慨着从他编《信任》到《白鹿原》的阅读感觉。临到我出门时，他仍然鼓励我,什么都可以看轻、看淡,再弄出两本书来,弄到这程度太不容易了……

我收到老吕一封信,看小小信封上那很大的行书毛笔字就熟知了。打开信封,夹着他的一页短笺和一块报纸的剪贴文章,是他发表在《陕西日报》的一篇关于《白鹿原》的短论。我的心头一沉,读了短信再读短论,沉默许久都不知道该做什么。他已到骨癌晚期,忍受着怎样的痛苦,仍然还要写这样的短论,仍然还要对《白鹿原》一书获茅盾文学奖的事说他的看法和意见。其时,关于这本书和这个奖的热闹早已过去,我已不再接受关于这个话题的媒体采访。《白鹿原》一书自出版以来的五年时间里,我看到过许多评论家、作家、记者和读者的或长或短的评论文章,说长道短在我已经于心不惊平静听取了,然而老吕的这篇短文一下子把我推入情感的波涛之中,无论如何我都不能把它看作是一篇"评论"……这是我收到的老吕的最后一封信,那功夫老到笔力道劲的毛笔字啊!

今年春天,我接到老吕家属的电话,是哽咽着的女声报告的噩耗。当晚我赶到老吕家里,只能面对一幅围裹着黑纱的相片了。我站在灵桌前腿就颤抖起来了,看着照片上那昂昂的朗朗的面容,泪水一下子涌流出来,想叫一声老吕也终于哽塞得叫不出声。他的夫人告诉我,他把我送他的那套《文集》,一直在桌子上用书夹裁着,而没有塞进他的书架,直到他去世。我又一次涌出泪水,却说不出任何话来。

走在夜晚的东大街上,五彩的霓虹灯光是这座古城的新的姿容。天上似乎落着细雨,我木然地走着。我的小说中那个被我赞美也被我批判着的白嘉轩的生命感叹竟从我的心里涌出来了:世上最好的一个文学编辑谢世了!

/何谓益友/

一

我终于拿定主意要给何启治写信了。

那时的电话没有现在这样便当,通信的习惯性手段依赖书信。我之所以把给何启治写信的事作为文章的开头,确是因为这封信在我所有的信件往来中太富于记忆的分量了,一封期待了四年而终于可以落笔书写的信,我将第一次正式向他报告长篇小说《白鹿原》写成的消息。

这部书稿是农历1991年腊月二十五日写完最后一句话的。我只告诉给我的夫人和孩子,同时嘱咐他们暂且守口,不宜张扬。我不想公开这个消息不是出于神秘感,仅仅只是一时还不能确定该不该把这部书稿拿出来投出去。这部小说的正式稿接近完成的1991年的冬天,我对社会关于文学的要求和对文学作品的探索中所触及的某些方面的承受力没有肯定的把握。如果不是作品的艺术缺陷而是触及的某些方面不能承受，我便决定把它封存起来，待社会对文学的承受力增强到可以接受这个作品时，再投出书稿也不迟；我甚至把这个时间设想得较长，在我之后由孩子去做这件事；如果仅仅只是因为艺术能力所造成的缺陷而不能出版，我毫不犹豫地对夫人说，我就去养鸡。道理很简单，都五十岁了，长篇小说写出来还不够出版资格，我宁愿舍弃专业作家这个名分而只作为一种业余文学爱好。无论会是哪一种结局，都不会影响我继续写完这部作品的情绪和进程，作为一件历时四年写作的长篇，必须画上最后一个标点符号才算了结，心情依旧是沉静如初的。

1992年年初，我在清晨的广播新闻中听到了邓小平南巡的讲话摘录。思想要再解放一点，胆子要再大一点，等等。我在怦然心动的同时，就决定这个长篇小说稿子一旦完成，便立即投出去，一天也没有必要延误和搁置。道理太简单了，社会对于具体到一部小说的承受力必然会随着两个"一点"迅速强大起来。关键只是自己这部小说的艺术能力的问题了，这是需要检验的，首先是编辑。我便想到何启治，自然想到他供职的人民文学出版社。人民文学出版社是文艺类书籍出版系统的高门楼，想着这一层还真有点心怯，"店大欺客"与否且不说，无论如何还是充不起要进大店的雄壮之气来。然而想到一直关注着这部书稿的老朋友何启治，让他先看看，听他的第一印象和意见，那是令人最放心的事。

春节过后，我便坐下来复阅刚刚写完的《白鹿原》书稿，做最后的文字审定，这个过程比写作过程轻松得多了。大约到公历2月末，我决定给何启治写信，报告长篇完成的消息，征求由我送稿或由他派人来取稿的意见。如果能派人来，时间安排到3月下旬。按照我的复阅进度，3月下旬的时限是宽绰富余的。信中唯一可能使老何会感到意外的提示性请求，是希望他能派文学观念比较新的编辑来取稿看稿，这是我对自己在这部小说中的全部投入的一种护佑心理，生怕某个依旧"左"的教条的嘴巴一口给唾死了。

信发走之后，我才确切意识到《白鹿原》书稿要进人民文学出版社这幢高门楼了。

二

几乎在爱好文学并盲目阅读文学作品的同时，就知道了北京有一家专门出版文艺书籍的出版社叫人民文学出版社，这是从我阅读过的中外文学书籍的书脊上和扉页上反复加深印象的，高门楼的感觉就是从少年时代形成的。随着人生阅历和文学生活的丰富，这种感觉愈来愈深刻，对于一个业余作者来说，这个高门楼无异于文学天宇的圣殿，几乎连在那里出书的梦都不敢做。就在这种没有奢望反而平静切实的心境下，某一日，何启治走到我的面前来了，标着人民文学出版社的牌子。

这件事的记忆是深刻的，因为太出乎意外而显得强烈。1973年隆冬季节，西安奇冷。我到西安郊区区委去开会，什么内容已经毫无记忆了。会议结束散场时，一位陌生人拦住了我，操着不大标准的普通话（以电台播音员为标准），声音浑厚，在他自我介绍之前，我已知道这是一位外来客了。在我周围工作和相交的上司、同辈和工作对象之中，主要是关中东部口音口语，其次是永远都令人怀疑患了伤风感冒而鼻塞不通说话鼻音很重的陕北人，那些从天南海北到西安来工作的外乡人久而久之也入乡随俗出一种怪腔怪调的关中话来，我已耳熟能详。这个找我的人一开口，我就嗅出了外来人的气味，他说他叫何启治，从北京来，从北京的人民文学出版社来，找我谈事。我便依我的习惯叫他老何。以后的二十多年里，我一直叫他老何，没有改口。

何谓益友

我和老何的谈话地点,就在郊区区委所在地小寨的街角。他代表刚刚恢复出版工作的人民文学出版社来西安组稿,从同样是刚刚恢复工作的陕西作家协会(此时称陕西省文艺创作研究室,以示与旧文艺体制的区别)创办的《陕西文艺》(即原《延河》)编辑部得到推荐才来找我的。他已读过我在《陕西文艺》发表的一篇短篇小说《接班以后》,认为这个短篇具备了一个长篇小说的架势或者说基础,可以写成一部二十万字左右的长篇小说。我站在小寨的街道旁,完全是一种茫然,且不用吓了一跳这样的夸张性习惯用语。我在刚刚复刊的原《延河》今《陕西文艺》双月刊第三期上发表的两万字的短篇小说《接班以后》,是我平生发表的第一篇小说,也是我自初中二年级起迷文学以来的第一次重要跨越(且不在这里反省这篇小说的时代性图解概念),鼓舞着的同时,也惶惶着是否还能写出并发表第二篇、第三篇,根本没有动过长篇小说写作的念头,这不是伪饰的自谦而是个性的制约。我便给老何解释这几乎是老虎吃天的事。老何却耐心地给我鼓励,说这篇小说已具备扩展为长篇的基础,依我在农村长期工作的生活积累而言完全可以做成。最后不惜抬出他正在辅导的两位在延安插队的知青已写成一部长篇小说的先例给我佐证。我首先很感动,不单是老何说话的内容，还有他的口吻和神色，在我感到真诚的同时也感到了基本的信赖，即使写不成长篇小说，做一个文学朋友也挺好，应该是我文学生涯以来认识的第一个北京人。二十多年过去，我们已经相聚相见过许多回，世界已经翻天覆地，文学也已地覆天翻，每一次见面，或北京或西安或此外的城市，都继续着在小寨街头的那种坦诚和真挚，延续着也加深着那份信赖。

我违心地答应"可以考虑一下"，然后就分手回我工作的西安东郊的乡村去了。老何回到北京不久就来了信，信写得很长，仍然是鼓励长篇小说写作的内容，把在小寨街头的谈话以更富于条理化的文字表述出来，从立意、构架和生活素材等方面对我的思路进行开启。我几乎再也搜寻不出推辞的理由，然而却丝毫也动不了要写长篇小说的心思。我把长篇小说的写作看得太艰难了，肯定是我长期阅读长篇小说所造成的心理感受。我常常在阅读那些优秀的长篇小说时一回又一回地感叹，这个作家长着一颗怎么样的脑袋，怎么会写出让人意料不到的故事和几乎可以触摸的人物！好在这时候上级突然通知我去南泥湾"五七"干校劳动锻炼改造，我便以此为由而推卸了这个不可胜任的压力。我去陕北的南泥湾干校之后，老何来信说他也被抽调到西藏去工作，时限为三年，然而仍然继续着动员鼓励我写长篇小说的工作。随着他在西藏新的工作的投入，来信中关于西藏的生活和工作占据了主要内容，长篇小说写作的话题也还在说，却仅仅只是提及一下而已。这是1974年的春天和夏天，"批林批孔"运动又卷起新的阶级斗争的旋涡……

这次长篇小说写作的事就这样化解了。我因此而结识了一位朋友老何。

三

老何再一次到西安来组稿，大约是刚刚交上80年代的夏天，我从文化馆所在的灞桥古镇赶到西安，在西安饭庄——"双十二事变"中招待过周恩来的百年老店——招待老何吃一顿饭。那时候尚不兴公款请客吃饭。我刚刚开始收入稿费（千字十元），大有陈奂生进城的那份高涨的心情，况且是从小寨街头一别七八年之后的第一次共餐。我要了西安饭庄的看家菜葫芦鸡，老何直说好吃。多年以来的几次相见相聚中，老何总会突然歪过头问我："那年你在西安请我吃的那个鸡真不错，叫什么鸡？"

他是为创刊不久的《当代》来组稿的。我仍然畏怯这个高门楼里跃出的为文坛瞩目的《当代》，不敢轻易投寄稿件。直到我从短篇小说转入中篇小说的第一部《初夏》写成，才斗胆寄给老何。这个中篇小说是我的写作生涯中最艰难的一部，历经三年多时间，修改重写四次，才得以在1984年的《当代》刊出。我曾在一篇短文中回味过这个至为重要的过程："在这个过程中，令人感佩的是《当代》的编辑，尤其是老朋友何启治所显示出来的巨大耐心和令人难以叙说的热诚。他和他们的工作意义不单是为《当代》组织了一部稿子，而是促使一个作者完成了习作过程中的一次跨越，得到了属于自己的一次至为重要的艺术体验，拯救了一个苦苦探索的业余作者的艺术生命。"我说以上这些话是真诚的，更是真实的。《初夏》历经三年时间的四次修改和重写，始得以发表，不仅是鼓舞，最基本的收益是锻炼了我驾驭较大规模、较多人物和多重线索的能力，完成了从较为单纯的短篇小说的结构到中篇小说结构形式的过渡。此后我连续写作的几部或大或小的中篇小说，不论得失如何，仅就各自结构的驾驭而言，感到自如得多了，写作过程也顺利得多了。正是从自身写作的这个意义上，我是十分钦敬老何这位良师益友的。

　　《初夏》之后，我正热衷于中篇小说各种结构形式的探索，老何在一次见面中问我，有长篇写作的考虑没有。我很直率地回答,没有。这是实话实说。由他的突然发问,我立即想起十多年前第一次见面在小寨街头的那一幕,心里竟是一种负压感,天哪!他还没有忘记长篇小说的事。他却轻松地说,你什么时候打算要写长篇的话,记住给我就是了。

再后来的一次聚面,他又问到长篇小说写作的事。我觉得对他若要保密,是一种有违良知的事,尽管按着我的性情是很难为的事情。我便告诉他,有想法,仅仅只是个想法,正在想着准备着,离实际操作尚远。我那时候确实正在做着《白》书的先期准备,查阅县志、党史、文史资料,在西安郊县做社会调查,研读有关关中历史的书籍,同时酝酿构思着《白》书的框架。我随即叮嘱他两点:不要告诉别人,不要催问。我知道我的这部长篇小说不会在"短促突击"中完成,初步计划实际写作时间为三年。我希望在这三年里沉心静气地做这件大活,而不要在人们的议论,哪怕是好朋友的关心中写作,更不要说编辑的催逼了。过多的谈论过分关心的问询以及进度的催问,都会给我心理造成紊乱造成压力,影响写作的心境。按着我的性情,畏怯张扬,如同农家妇女蒸馍馍,未熟透之前是切忌揭开锅盖的。

然而还是有压力产生。我已经透露给老何了,况且是在构思阶段,便觉得很不踏实,如果最终写不成呢,如果最终下了一个"软蛋"又怎样面对期待已久的老朋友呢!甚至产生过这样的疑问,按照我当时的写作状况,中短篇小说虽已出版过几本书,然而没有一篇作品产生过轰动性效应,我清醒地知道自己的分量和位置,而老何为什么要盯着我的尚在构思中的长篇小说呢?如他这样资深的职业编辑,难道不知面对名家之外的作者所难以避免的约稿易而退稿尴尬的情景么!因为我在构思中的《白》书没有向他提及任何一句具体的东西,我自己尚在极大的不自信无把握之中。直到今天,我仍然不得其解,老何约稿的依据是什么?

后来的几年里,证明着老何守约如禁。每有一位人民文学出版社的编辑到西安组稿,都要带来老何的问候,进门握手时先申明,老何让我来看看你,只是问个好,没有催的意思,老何再三叮嘱我不要催促陈忠实。我常常握着他们的手说不出一句话。直到1991年的初春时节,老何领一班人马到西安来,以分片的形式庆祝人民文学出版社建社四十周年,在西安与新老作家朋友聚会。这个时候,《白鹿原》书稿已经完成三分之二,计划年底写完。见面时老何仍然恪守约律,淡淡地说,我没有催的意思,你按你的计划写,写完给我打个招呼就行了,我让人来取稿。我也仍然紧关口舌，没有道及年底可以完稿的计划，只应诺着写完就报告。

这一年的夏天，先后有两家大出版社向我邀约长篇小说稿，一位是在艰难的情况下给我出过中篇小说集子《初夏》的上海文艺出版社的老张，我忍着心向她坦诚地解释老何有话在先，无论作品成色如何，我得守信。另一位是作家出版社的老朱，她到西安来组稿，听人说我正在写一部长篇，我同样以与老何有约在先须守友道为由辞谢了。我坚守着与老何的约定，发端自十七八年前小寨街头的初识，那次将我着实吓住了的长篇小说写作的提议，现在才得以实施了，时间虽然长了点，却切合我的实际。

直到1991年年末写完全部书稿，直到春节过后的1992年早春的某天晚上，可以确定《白鹿原》手稿复阅修饰完成的时间以后，我终于决定给老何写信报告《白鹿原》完全脱稿的消息了，忐忑不安地要奔文学书籍出版界的高门楼了。

四

老何很快复过信来，他将安排两位同志于3月25日左右到西安。果然，3月24日下午，作协机关办公室把电话打到我所在地区的灞陵乡政府，由一位顺道回家的干部传话给我，让我于25日早八时许到火车站接北京来客。

给我捎信传话的乡上干部刚出门，村子里的保健医生挽着我母亲走进门来，说我母亲的血压已经高过二百以上，必须躺下。母亲躺下后就站不起来了，半边身子麻木僵硬了，就发生在我注视着的眼皮底下。医生很快为她挂上了用以降血压的输液瓶儿。我的头都木了，北京来客此时可能刚刚乘着火车开出京城。真是凑巧了，傍晚时分还有夕阳霞光，天黑以后却骤然一场大雪。我几乎一夜未曾合眼，守护着母亲，看着院子里的雪逐渐加厚到足可盈尺。离天明大约还有一个多小时，我请来一位村人照看母亲，就踏着积雪上路了。大雪真好，从我家大门口起始，走过两个村庄和村庄之间的原野，我给处女的雪原和村巷踩出第一溜脚印。我赶上了第一班远郊公共汽车，进入作协大院时尚未到上班的钟点。我要了一辆公车赶到西安火车站，等候许久，高门楼里来的尊贵的高贤均、洪清波终于走出车站来，时间大约八时许。

高贤均和悦随意，一见面就不存在陌生和隔膜，笑起来很迷人的。洪清波更年轻，却戴着一副厚厚的眼镜，不大多说话，笑起来有一缕拘谨的羞色，显得更加迷人。我当时想，从高门楼里出来的人怎么到了地方省份还会有拘谨的羞怯？我把他们安排到招待所，由他们自己去找饭吃找风景玩，就匆匆赶回乡下去了，只说还有两章没有"通"完，没有告诉他们还有突然躺倒吊着药瓶的母亲。我当时家分两地，夫人和孩子住在城里，我住在乡下老屋写我的书稿，母亲是过春节时从城里回到乡下，尚未回城却病倒了。这样，我一边守护着母亲监视着吊在空中的药液的降速，一边在隔壁书房审阅最后两三章手稿的文字，想到高、洪两位朋友正住在西安等着拿稿子，我第一次感到了心理紧促和压迫，这是《白鹿原》书稿从起头到完成四年以来从未有过的催逼感。

过了两天，我一早赶到西安，包里装着这部书稿。在远郊公共汽车上，我一直抱着这摞书稿，一种紧张中的平静和平静里的紧张。我一路上都在斟酌着把这摞书稿交给高、洪时该怎么说话才合适，既希望他们能认真审读，又不想给他们造成压力，所以以不提任何写作的构想和写作的艰难为好。这样，在作家协会招待所的客房里，我只是把书稿从兜里取出来交给他们，竟然连一句话也说不出来，那时突然涌到嘴边一句话，我连生命都交给你们了，最后关头还是压到喉咙以下而没有说出，却憋得几乎涌出泪来。其实基于一种自己对文学的理解，只需让编辑去看书稿而无须阐释。下午，我又匆匆赶回乡下老家照看母亲，连请高、洪两位新结识的朋友品尝一下葫芦鸡的机缘也没有，至今尚以为憾事。

我由此时开始进入一种完全的闲适状态。我不读任何小说，有了平生里从未发生过的、拒绝以至逆反阅读现代文学书籍的奇怪的心理状态。却突然想读古典诗词，我把塞在书架里多年未动过的《词综》抽出来，品赏那些古色古香的墨痕之中的韵味而惊叹不已。按常规我把《白鹿原》书稿的审阅过程设想得较长，初审、复审和终审，一部近五十万字的书稿走完这个轮番审阅的过程，少说也得两月以上，因为编辑们不可能只看这一部书稿，他们要开会要接待四面八方的来访者还要处理家务事。在他们统一结论之前，估计很难给我一个具体的说法。所以，我就在少有的闲静中等待，品赏一个个诗词大家的妙句。决然出乎意料的是，在高、洪拿着书稿离开西安之后的第二十天，我接到了高贤均的来信。我匆匆读完信后"嗷嗷"叫了三声就跌倒在沙发上，把在他面前交稿时没有流出的眼泪倾泻出来了。

这是一封足以使我癫狂的信。信中说了他和洪清波从西安到成都再回北京的旅程中相继读完了书稿，回到北京的当天就给我写信。他俩阅读的兴奋使我感到了期待的效果，他俩共同的评价使我战栗。我由此而又一次检验了自己的个性，很快便沉静下来，进入一种前所未有的舒缓静谧之中。我也才发现此前二十多天的闲适之表象下隐藏着等待判决的紧张和恐惧，只是明知那个结果尚遥远而已。这个超出预料的判决词似的信件的提前到来，就把深层心理的恐惧和紧张彻底化释了。我的全部用心都被高、洪理解了，六年以来的所有努力都是合理的，还有什么事情能使人感到创作这种劳动之后的幸福呢！随后对唐诗宋词的品赏才真正进入一种轻松自悦的心理状态。

老何随后来信了，可以想象的兴奋和喜悦，为此他等待了几近二十年，从1973年冬天小寨街头的鼓励鼓动到1992年春天他在北京给我写《白鹿原》书稿的审阅意见，对于他来说是太长了点，对于我来说，起码没有使这位益友失望，我们的友谊便不言而喻。随后便是如何处理书稿的种种琐细的事，我都由他去处理，我完全信赖高门楼里的这一帮编辑了。

五

《白鹿原》先在《当代》分两期连载，之后由人民文学出版社出书，中央人民广播电台和西安人民广播电台差不多同时连播，在读者和文学界迅即引起反响，这在我几乎是猝不及防的。书稿写完时，我当然也有一种自我估计，如若能够面世，肯定不会是悄无声息的，会有反应的。然而反应如此之迅速如此之强烈，我是始料不及的；尤其是社会各个阶层，非文学圈子的读者的强烈反响，让我第一次如此深刻地感受到读者才是文学作品存活的土壤。

1993年8月，《白鹿原》书稿在京召开的研讨会，也是我平生所经历的最感动的一次会议。会后某天晚上，老何和高贤均找到我住的宾馆，主动与我商议修改原先的出书合同的事。按原先的出书合同，千字三十元，是90年代初人民文学出版社执行的最高稿酬标准了。按这个标准算下来，近五十万字的书稿可得稿酬约一万五千元，这是从签订合同时便一目了然的计算，我也很兴奋一次可以拿到万元以上的大宗稿酬而进入万元户的行列了。现在，何与高给我在算另一笔账，如若用版税计酬，我将可以多得三四千元。按计划经济的征订数目近一万五千册，这在1993年的新华书店发行征订中已是令人鼓舞的大数了。按百分之十的版税和近十三元的书价算下来，比原合同的稿酬可以多得三千多元吧。他们已经对比核算过了，考虑到我花六年时间写这一本书，能多得就争取多得一点吧。我尚未用版税方式拿过稿酬，问了半天才算明白了其中的好处，自然是乐意的。然而更令我感动的是他们替我所作的谋算，以至于如此细心。作为一本书的作者，面对这样体贴入微的编辑，说什么感谢之类的话都显得多余而俗套。

在《白鹿原》面世之后的几年里，有一些认真的或不甚认真的批评文字，无论我还是老何、老高或人文社的其他编辑，尚都能持一种平和的心态，这是文坛上再正常不过的事。然而有一种批评却涉及作品的存活，即"历史倾向性"问题，我从听到时就把这种意见看成是误读。在被误读误解的几年里，涉及《白鹿原》的评论和几种评奖，都发生过一些不大不小的麻烦。在这些过程中，老何、老高们坚守着自己对《白鹿原》的观点，当我事后了解某些情况时，真是感慨而又感佩，甚至因为《白鹿原》给他们添麻烦而负疚，反倒劝慰他们。他们均表示，此种事已经不属和我的友谊或照顾关系的庸俗做法，而是涉及关于文学本身的重大话题。

大约是1997年酷暑时月，某天晚上老何打来电话，告诉我一个消息，说陈涌对某位理论家坦言，《白鹿原》不存在"历史倾向"问题，这个看法已经在文学圈子里流传开来。我听了有一种清风透胸的爽适之感，关于"历史倾向性"问题的释疑解误，最终还是有陈涌这样德高望重的文学理论家坦率直言。老何便由此预测，茅盾文学奖的评奖可能因此而有了希望可寄。约在此前半年，我和他在京见面时，老何还在为我做宽慰性的工作。说茅盾文学奖评奖的可能性不大，对《白鹿原》而言评不评此奖意义不大，有读者和文学界的认可就足够了。我也基本是这样的心态，评奖是一码事，而"历史倾向性"问题是另一码事。我和他在评奖这件事上仍然保持着一种平常心理。现在，陈涌的话对《白鹿原》评茅盾奖可能出现的转机仅只是一种猜测，对我来说解除"历史倾向性"问题的疑虑和误读才是最切实际的。我也忍不住激动起来，评奖与否且不管，有陈涌这句话就行了。有人说过程不必计较，关键是看结果。在《白鹿原》终于评上茅盾文学奖这个结果出来以后，我恰恰感动的是那个过程。尤其在误读持续的几年时间里，人民文学出版社的老何、老高、小洪等一群坚守着文学意义的编辑，才构成了那个使我难以磨灭的动人的过程。至此，这个高门楼在我的感觉里融入了亲切温暖的感觉。

高门楼的人民文学出版社，凭着一帮如老何、老高、小洪这样的文学圣徒撑着，才撑起一个国家的文学出版大业的门面,看似对一个如我的作者的一部长篇小说的过程,透见的却是一种文学圣徒的精神。作为一个自以为文学神圣的作者,我结识老何、老高、小洪们,是自以为荣幸也以为骄傲的。